同题散文经典

陈子善 蔡翔 ◎ 编

喝茶
茶事

杨绛 贾平凹 等 ◎ 著

人民文学出版社

图书在版编目(CIP)数据

喝茶 茶事 / 杨绛等著；陈子善，蔡翔编.
—北京：人民文学出版社，2017(2024.10 重印)
（同题散文经典）
ISBN 978-7-02-012748-1

Ⅰ.①喝… Ⅱ.①杨… ②陈… ③蔡… Ⅲ.①散文集
-中国-现代②散文集-中国-当代 Ⅳ.①I266

中国版本图书馆 CIP 数据核字(2017)第 098059 号

责任编辑：朱卫净　张玉贞
封面设计：汪佳诗

出版发行　人民文学出版社
社　　址　北京市朝内大街 166 号
邮政编码　100705

印　　刷　山东新华印务有限公司
经　　销　全国新华书店等

开　　本　890 毫米×1240 毫米　1/32
印　　张　5.25
插　　页　2
字　　数　125 千字
版　　次　2017 年 7 月北京第 1 版
印　　次　2024 年 10 月第 4 次印刷

书　　号　978-7-02-012748-1
定　　价　39.00 元

如有印装质量问题，请与本社图书销售中心调换。电话：010 - 65233595

编辑例言

　　中国素来是散文大国，古之文章，已传唱千世。而至现代，散文再度勃兴，名篇佳作，亦不胜枚举。散文一体，论者尽有不同解释，但涉及风格之丰富多样，语言之精湛凝练，名家又皆首肯之。因此，在时下"图像时代"或曰"速食文化"的阅读气氛中，重读散文经典，便又有了感觉母语魅力的意义。

　　本着这样的心愿，我们对中国现当代的散文名篇进行了重新的分类编选。比如，春、夏、秋、冬，比如风、花、雪、月等等。这样的分类编选，可能会被时贤议为机械，但其好处却在于每册的内容相对集中，似乎也更方便一般读者的阅读。

　　这套丛书将分批编选出版，并冠之以不同名称。选文中一些现代作家的行文习惯和用词可能与当下的规范不一致，为尊重历史原貌，一律不予更动。考虑到丛书主要面向一般读者，选文不再注明出处。由于编选者识见有限，挂一漏万在所难免，因此，遗珠之憾也将存在。这些都只能在日后逐步弥补，敬请读者诸君多多指教。

目录

茶

喝茶

◎周作人

　　前回徐志摩先生在平民中学讲"吃茶"——并不是胡适之先生所说的"吃讲茶"——我没有工夫去听，又可惜没有见到他精心结构的讲稿，但我推想他是在讲日本的"茶道"（英文译作 Teaism），而且一定说得很好。茶道的意思，用平凡的话来说，可以称作"忙里偷闲，苦中作乐"，在不完全的现世享乐一点美与和谐，在刹那间体会永久，是日本之"象征的文化"里的一种代表艺术。关于这一件事，徐先生一定已有透彻巧妙的解说，不必再来多嘴，我现在所想说的，只是我个人的很平常的喝茶观罢了。

　　喝茶以绿茶为正宗。红茶已经没有什么意味，何况又加糖——与牛奶？葛辛（George Gissing）的《草堂随笔》（原名 Private Papers of Henry Ryecroft）确是很有趣味的书，但冬之卷里说及饮茶，以为英国家庭里下午的红茶与黄油面包是一日中最大的乐事，支那饮茶已历千百年，未必能领略此种乐趣与实益的万分之一，则我殊不以为然。红茶带"土斯"未始不可吃，但这只是当饭，在肚饥时食之而已；我的所谓喝茶，却是在喝清茶，在赏鉴其色与香与味，意未必在止渴，自然更不在果腹了。中国古昔曾吃过煎茶及抹茶，现在所用的都是泡茶，冈仓觉三在《茶之书》（Book of Tea, 1919）里很巧妙地称之曰

"自然主义的茶",所以我们所重的即在这自然之妙味。中国人上茶馆去,左一碗右一碗地喝了半天,好像是刚从沙漠里回来的样子,颇合于我的喝茶的意思(听说闽粤有所谓吃工夫茶者自然更有道理),只可惜近来太是洋场化,失了本意,其结果成为饭馆子之流,只在乡村间还保存一点古风,唯是屋宇器具简陋万分,或者但可称为颇有喝茶之意,而未可许为已得喝茶之道也。

喝茶当于瓦屋纸窗下,清泉绿茶,用素雅的陶瓷茶具,同二三人共饮,得半日之闲,可抵十年的尘梦。喝茶之后,再去继续修各人的胜业,无论为名为利,都无不可,但偶然的片刻优游乃正亦断不可少。中国喝茶时多吃瓜子,我觉得不很适宜;喝茶时可吃的东西应当是轻淡的"茶食"。中国的茶食却变了"满汉饽饽",其性质与"阿阿兜"相差无几,不是喝茶时所吃的东西了。日本的点心虽是豆米的成品,但那优雅的形色,朴素的味道,很合于茶食的资格,如各色的"羊羹"(据上田恭辅氏考据,说是出于中国唐时的羊肝饼),尤有特殊的风味。江南茶馆中有一种"干丝",用豆腐干切成细丝,加姜丝酱油,重汤炖热,上浇麻油,出以供客,其利益为"堂倌"所独有。豆腐干中本有一种"茶干",今变而为丝,亦颇与茶相宜。在南京时常食此品,据云有某寺方丈所制为最,虽也曾尝试,却已忘记,所记得者乃只是下关的江天阁而已。学生们的习惯,平常"干丝"既出,大抵不即食,等到麻油再加,开水重换之后,始行举箸,最为合式,因为一到即罄,次碗继至,不遑应酬,否则麻油三浇,旋即撤去,怒形于色,未免使客不欢而散,茶意都消了。

吾乡昌安门外有一处地方名三脚桥(实在并无三脚,乃是三出,因以一桥而跨三汊的河上也),其地有豆腐店曰周德和者,制茶干最有名。寻常的豆腐干方约寸半,厚可三分,值钱二文,周德和的价值相同,小而且薄,才及一半,黝黑坚实,如紫檀片。我家距三脚桥有步行两小时的路程,故殊不易得,但能吃到油炸者而已。每天有人挑担设炉镬,沿街叫卖,其词曰:

> 辣酱辣,
>
> 麻油炸,
>
> 红酱搭,辣酱搨:
>
> 周德和格五香油炸豆腐干。

其制法如上所述,以竹丝插其末端,每枚三文。豆腐干大小如周德和,而甚柔软,大约系常品,唯经过这样烹调,虽然不是茶食之一,却也不失为一种好豆食。——豆腐的确也是极好的佳妙的食品,可以有种种的变化,唯在西洋不会被领解,正如茶一般。

日本用茶淘饭,名曰“茶渍”,以腌菜及“泽庵”(即福建的黄土萝卜,日本泽庵法师始传此法,盖从中国传去)等为佐,很有清淡而甘香的风味。中国人未尝不这样吃,唯其原因,非由穷困即为节省,殆少有故意往清茶淡饭中寻其固有之味者,此所以为可惜也。

1924 年 12 月

茶和交友

◎林语堂

　　我以为从人类文化和快乐的观点论起来，人类历史中的杰出新发明，其能直接有力地有助于我们的享受空闲、友谊、社交和谈天者，莫过于吸烟、饮酒、饮茶的发明。这三件事有几样共同的特质：第一，它们有助于我们的社交；第二，这几件东西不至于一吃就饱，可以在吃饭的中间随时吸饮；第三，都是可以借嗅觉去享受的东西。它们对于文化的影响极大，所以餐车之外另有吸烟车，饭店之外另有酒店和茶馆，至少在中国和英国，饮茶已经成为社交上一种不可少的制度。

　　烟酒茶的适当享受，只能在空闲、友谊和乐于招待之中发展出来。因为只有富于交友心，择友极慎，天然喜爱闲适生活的人士，方有圆满享受烟酒茶的机会。如将乐于招待心除去，这三种东西便成毫无意义。享受这三件东西，也如享受雪月花草一般，须有适当的同伴。中国的生活艺术家最注意此点，例如：看花须和某种人为伴，赏景须有某种女子为伴，听雨最好须在夏日山中寺院内躺在竹榻上。总括起来说，赏玩一样东西时，最紧要的是心境。我们对每一种物事，各有一种不同的心境。不适当的同伴，常会败坏心境。所以生活艺术家的出发点就是：他如更想要享受人生，则第一个必要条件即是和性情相投的人交朋友，须尽力维持这友谊，如妻子要维持其丈夫的爱情一般,或如一个下棋名手宁愿跑一千里的长途去会见一个同志一般。

所以气氛是重要的东西。我们必须先对文士的书室的布置,和它的一般的环境有了相当的认识,方能了解他怎样在享受生活。第一,他们必须有共同享受这种生活的朋友,不同的享受须有不同的朋友。和一个勤学而含愁思的朋友共去骑马,即属引非其类,正如和一个不懂音乐的人去欣赏一次音乐表演一般。因此,某中国作家曾说过:

> 赏花须结豪友,观妓须结淡友,登山须结逸友,泛舟须结旷友,对月须结冷友,捉酒须结韵友。

他对各种享受已选定了不同的适当游伴之后,还须去找寻适当的环境。所住的房屋,布置不必一定讲究,地点也不限于风景优美的乡间,不必一定需一片稻田方足供他的散步,也不必一定有曲折的小溪以供他在溪边的树下小憩。他所需的房屋极其简单,只需:"有屋数间,有田数亩,用盆为池,以瓮为牖,墙高于肩,室大于斗,布被暖余,藜羹饱后,气吐胸中,充塞宇宙。凡静室,须前栽碧梧,后种翠竹。前檐放步,北用暗窗,春冬闭之,以避风雨,夏秋可开,以通凉爽。然碧梧之趣,春冬落叶,以舒负喧融和之乐,夏秋交荫,以蔽炎烁蒸烈之威。"或如另一位作家所说,一个人可以"筑室数楹,编槿为篱,结茅为亭。以三亩荫竹树栽花果,二亩种蔬菜。四壁清旷,空诸所有。蓄山童灌园薙草,置二三胡床着亭下。挟书剑,伴孤寂,携琴弈,以迟良友",到处充满着亲热的空气。

> 吾斋之中,不尚虚礼。凡入此斋,均为知己。随分款留,忘形笑语。不言是非,不侈荣利。闲谈古今,静玩山

水。清茶好酒，以适幽趣。臭味之交，如斯而已。

在这种同类相引的气氛中，我们方能满足色香声的享受，吸烟饮酒也在这个时候最为相宜。我们的全身便于这时变成一种盛受器械，能充分去享受大自然和文化所供给我们的色声香味。我们好像已变为一把优美的梵哑林，正待由一位大音乐家来拉奏名曲了。于是我们"月夜焚香，古桐三弄，便觉万虑都忘，妄想尽绝。试看香是何味，烟是何色，穿窗之白，是何影，指下之余是何音，恬然乐之，而悠然忘之者，是何趣，不可思量处是何境？"

一个人在这种神清气爽，心气平静，知己满前的境地中，方真能领略到茶的滋味。因为茶须静品，而酒则须热闹。茶之为物，性能引导我们进入一个默想人生的世界。饮茶之时而有儿童在旁哭闹，或粗蠢妇人在旁大声说话，或自命通人者在旁高谈国事，即十分败兴，也正如在雨天或阴天去采茶一般的糟糕。因为采茶必须在天气清明的清早，当山上的空气极为清新，露水的芬芳尚留于叶上时，所采的茶叶方称上品。照中国人说起来，露水实在具有芬芳和神秘的功用，和茶的优劣很有关系。照道家的返自然和宇宙之能生存全恃阴阳二气交融的说法，露水实在是天地在夜间和融后的精英。至今尚有人相信露水为清鲜神秘的琼浆，多饮即能致人兽长生。特昆雪所说的话很对，他说："茶永远是聪慧的人们的饮料。"但中国人则更进一步，而且它为风雅隐士的珍品。

因此，茶是凡间纯洁的象征，在采制烹煮的手续中，都须十分清洁。采摘烘焙，烹煮取饮之时，手上或杯壶中略有油腻不洁，便会使它丧失美味。所以也只有在眼前和心中毫无富丽繁华的景象和念头时，方能真正地享受它。和妓女作乐时，当然用酒而不用茶。但一个妓女如有了品茶的资格,则她便可以跻于诗人文士所欢迎的妙人儿之列了。苏东坡曾以美女喻茶,但后来,另一个持论家,《煮泉小品》的作者田艺恒即补充说,如果定要以茶去拟女人,则唯有麻姑仙子可做比拟。至于"必若桃脸柳腰,宜匨屏之销金幔中,无俗我泉石"。又说:"啜茶忘喧,谓非膏粱纨绮可语。"

据《茶录》所说:"其旨归于色香味,其道归于精燥洁。"所以如果要体味这些质素,静默是一个必要的条件;也只有"以一个冷静的头脑去看忙乱的世界"的人,才能够体味出这些质素。自从宋代以来,一般喝茶的鉴赏家认为一杯淡茶才是最好的东西,当一个人专心思想的时候,或是在邻居嘈杂、仆人争吵的时候,或是由面貌丑陋的女仆侍候的时候,当会很容易地忽略了淡茶的美妙气味。同时,喝茶的友伴也不可多,"因为饮茶以客少为贵。客众则喧,喧则雅趣乏矣。独啜曰幽;二客曰胜;三四曰趣;五六曰泛;七八曰施"。

《茶疏》的作者说:"若巨器屡巡,满中泻饮,待停少温,或求浓苦,何异农匠作劳,但需涓滴;何论品赏?何知风味乎?"

因为这个理由,因为要顾到烹时的合度和洁净,有茶癖的中国文士都主张烹茶须自己动手。如嫌不便,可用两个小童为助。烹茶须用小炉,烹煮的地点须远离厨房,而近饮处。茶童须受过训练,当主人的面前烹煮。一切手续都须十分洁净,茶杯须每晨洗涤,但不可用布揩擦。童儿的两手须常洗,指甲中的污腻须剔干净。"三人以上,止爇一炉,如五六人,便当两鼎,炉用一童,汤方调适,若令兼作,恐有参差。"

真正鉴赏家常以亲自烹茶为一种殊乐。中国的烹茶饮茶方法不像日本那么过分严肃和讲规则,而仍属一种富有乐趣而又高尚重要的事情。实在说起来,烹茶之乐和饮茶之乐各居其半,正如吃西瓜子,用牙齿咬瓜子壳之乐和吃瓜子肉之乐实各居其半。

茶炉大都置在窗前,用硬炭生火。主人很郑重地扇着炉火,注视着水壶中的热气。他用一个茶盘,很整齐地装着一个泥茶壶和四个比咖啡杯小一些的茶杯。再将贮茶叶的锡罐安放在安盘的旁边,随口和来客谈着天,但并不忘了手中所应做的事。他时时顾看炉火,等到水壶中渐发沸声后,他就立在炉前不再离开,更加用力地扇火,还不时要揭开壶盖望。那时壶底已有小泡,名为"鱼眼"或"蟹沫",这就是"初滚"。他重新盖上壶盖,再扇上几扇,壶中的沸声渐大,水面也渐起泡,这名为"二滚"。这时已有热气从壶口喷出来,主人也就格外注意。到将届"三滚",壶水已经沸透之时,他就提起水壶,将小泥壶里外一浇,赶紧将茶叶加入泥壶,泡出茶来。这种茶如福建人所饮的"铁观音",大都泡得很浓。小泥壶中只可容水四小杯,茶叶占去其三分之一的容隙。因为茶叶加得很多,所以一泡之后即可倒出来喝了。这一道茶已将壶水用尽,于是再灌入凉水,放到炉上去煮,以供第二泡之用。严格地说起来,茶在第二泡时为最妙。第一泡譬如一个十二三岁的幼女,第二泡为年龄恰当的十六女郎,而第三泡则已是少妇了。照理论上说起来,鉴赏家认为第三泡的茶不可复饮,但实际上,则享受这个"少妇"的人仍很多。

以上所说是我本乡中一种泡茶方法的实际素描。这个艺术是中国的北方人所不晓得的。在中国一般的人家中,所用的茶壶大都较大。至于一杯茶,最好的颜色是清中带微黄,而不是英国茶那样的深红色。

我们所描写的当然是指鉴赏家的饮茶,而不是像店铺中的以茶奉客。这种雅举不是普通人所能办到,也不是人来人往,论碗解渴的地方所能办到。《茶疏》的作者许次纾说得好:"宾朋杂沓,止堪交钟觥筹;乍会泛交,仅须常品酬酢。唯素心同调,彼此畅适,清言雄辩,脱略形骸,始可呼童篝火,吸水点汤,量客多少,为役之烦简。"而《茶解》作者所说的就是此种情景:"山堂夜坐,汲泉煮茗。至水火相战,如听松涛。倾泻入杯,云光潋滟。此时幽趣,故难与俗人言矣。"

凡真正爱茶者,单是摇摩茶具,已经自有其乐趣。蔡襄年老时已不能饮茶,但他每天必烹茶以自娱,即其一例。又有一个文士名叫周文甫,他每天自早至晚,必在规定的时刻自烹自饮六次。他极宝爱他的茶壶,死时甚至以壶为殉。

因此,茶的享受技术包括下列各节:第一,茶味娇嫩,茶易败坏,所以整治时,须十分清洁,须远离酒类香类一切有强味的物事,和身带这类气息的人;第二,茶叶须贮藏于冷燥之处,在潮湿的季节中,备用的茶叶须贮于小锡罐中,其余则另贮大罐,封固藏好,不取用时不可开启,如若发霉,则须在文火上微烘,一面用扇子轻轻挥扇,以免茶叶变黄或变色;第三,烹茶的艺术一半在于择水,山泉为上,河水次之,井水更次,水槽之水如来自堤堰,因为本属山泉,所以很可用得;第四,客不可多,且须文雅之人,方能鉴赏杯壶之美;第五,茶的正色是清中带微黄,这浓的红茶即不能不另加牛奶、柠檬、薄荷或他物以调和其苦味;第六,好茶必有回味,大概在饮茶半分钟后,当其化学成分和津液发生作用时,即能觉出;第七,茶须现泡现饮,泡在壶中稍稍过候,即会失味;第八,泡茶必须用刚沸之水;第九,一切可以混杂真味的香料,须一概摒除,至多只可略加些桂皮或苿莉花,以合有些爱好者的口味而已;第十,茶味最上者,应如婴孩身上一般的带着"奶花香"。

据《茶疏》之说,最宜于饮茶的时候和环境是这样:

饮时:

心手闲适　披咏疲倦　意绪棼乱　听歌拍曲

歌罢曲终　杜门避事　鼓琴看车　夜深共语

明窗净几　佳客小姬　访友初归　风日晴和

轻阴微雨　小桥画舫　茂林修竹　荷亭避暑

小院焚香　酒阑人散　儿辈斋馆　清幽寺观

名泉怪石

宜辍:

做事　观剧　发书柬　大雨雪　长筵大席

缮阅卷帙　人事忙迫　及与上宜饮时相反事

不宜用:

恶水　敝器　铜匙　铜铫　木桶　柴薪

麸炭　粗童　恶婢　不洁帨　各色果实香药

不宜近:

阴屋　厨房　市喧　小儿啼　野性人　童奴相哄

酷热斋舍

喝茶

◎梁实秋

　　我不善品茶，不通茶经，更不懂什么茶道，从无两腋之下习习生风的经验。但是，数十年来，喝过不少茶，北平的双窨、天津的大叶、西湖的龙井、六安的瓜片、四川的沱茶、云南的普洱、洞庭湖的君山茶、武夷山的岩茶，甚至不登大雅之堂的茶叶梗与满天星随壶净的高末儿，都尝试过。茶是我们中国人的饮料，口干解渴，唯茶是尚。茶字，形近于茶，声近于槚，来源甚古，流传海外，凡是有中国人的地方就有茶。人无贵贱，谁都有份，上焉者细啜名种，下焉者牛饮茶汤，甚至路边埂畔还有人奉茶。北人早起，路上相逢，辄问讯"喝茶未？"茶是开门七件事之一，乃人生必需品。

　　孩提时，屋里有一把大茶壶，坐在一个有棉衬垫的藤箱里，相当保温，要喝茶自己斟。我们用的是绿豆碗，这种碗大号的是饭碗，小号的是茶碗，作绿豆色，粗糙耐用，当然和宋瓷不能比，和江西瓷不能比，和洋瓷也不能比，可是有一股朴实厚重的风貌，现在这种碗早已绝迹，我很怀念。这种碗打破了不值几文钱，脑勺子上也不至于挨巴掌。银托白瓷小盖碗是祖父母专用的，我们看着并不羡慕。看那小小的一盏，两口就喝光，泡两三回就得换茶叶，多麻烦。如今盖碗很少见了，除非是到故宫博物院拜会蒋院长，他那大客厅里总是会端出盖碗茶敬客。再不就是在电视剧中也常看见有盖碗茶,可是演员一手执盖一手执碗缩着脖子啜茶那副狼狈相,令人发噱,因为他不知道喝盖碗茶应该是怎样的喝法。他平素自己喝茶大概一直是用玻璃杯、保温杯之类。如今,我们此地见到的盖碗,多半是近年来本地制造的"万寿无疆"的那种样式,瓷厚了一些;日本制的盖碗,样式微有不同,总觉得有些怪怪的。近有人回大陆,顺便探视我的旧居,带来我三十多年前天天使用的一只瓷盖碗,原是十二套,只剩此一套了,碗沿还有一点磕损,睹此旧物,勾起往日的心情,不禁黯然。盖碗究竟是最好的茶具。

茶叶品种繁多,各有擅场。有友来自徽州,同学清华,徽州产茶胜地,但是他看到我用一撮茶叶放在壶里沏茶,表示惊讶,因为他只知道茶叶是烘干打包捆载上船沿江运到沪杭求售,剩下来的茶梗才是家人饮用之物。恰如北人所谓"卖席的睡凉炕"。我平素喝茶,不是香片就是龙井,多次到大栅栏东鸿记或西鸿记去买茶叶,在柜台前面一站,徒弟搬来凳子让坐,看伙计称茶叶,分成若干小包,包得见棱见角,那份手艺只有药铺伙计可以媲美。茉莉花窨过的茶叶,临卖的时候再抓一把鲜茉莉花放在表面上,所以叫做双窨。于是茶店里经常是茶香花香,郁郁菲菲。父执有名玉贵者,旗人,精于饮馔,居恒以一半香片龙井混合沏之,有香片之浓馥,兼龙井之苦清。吾家效而行之,无不称善。茶以人名,乃径呼此茶为"玉贵",私家秘传,外人无由得知。

其实,清茶最为风雅。抗战前造访知堂老人于苦茶庵,主客相对总是有清茶一盂,淡淡的、涩涩的、绿绿的。我曾屡侍先君游西子湖,从不忘记品尝当地的龙井,不需要攀登南高峰风篁岭，近处平湖秋月就有上好的龙井茶，开水现冲，风味绝佳。茶后进藕粉一碗，四美具矣。正是"穿牖而来，夏日清风冬日日；卷帘相见，前山明月后山山"（骆成骧联）。有朋自六安来，贻我瓜片少许，叶大而绿，饮之有荒野的气息扑鼻。其中西瓜茶一种，真有西瓜风味。我曾过洞庭，舟泊岳阳楼下，购得君山茶一盒。沸水沏之，每片茶叶均如针状直立漂浮，良久始舒展下沉，味品清香不俗。

初来台湾，粗茶淡饭，颇想倾阮囊之所有在饮茶一端偶作豪华之享受。一日过某茶店，索上好龙井，店主将我上下打量，取八元一斤之茶叶以应，余示不满，乃更以十二元者奉上，余仍不满，店主勃然色变，厉声曰："买东西，看货色，不能专以价钱定上下。提高价格，自欺欺人耳！先生奈何不察？"我爱其戆直。现在此茶店门庭若市，已成为业中之翘楚。此后我饮茶，但论品味，不问价钱。

茶之以浓酽胜者莫过于工夫茶。《潮嘉风月记》说工夫茶要细炭初沸连壶带碗泼浇，斟而细呷之，气味芳烈，较嚼梅花更为清绝。我没嚼过梅花，不过我旅居青岛时有一位潮州澄海朋友，每次聚饮酩酊，辄相偕走访一潮州帮巨商于其店肆。肆后有密室，烟具、茶具均极考究，小壶小盅有如玩具。更有娈婉丱童伺候煮茶、烧烟，因此经常饱吃工夫茶，诸如铁观音、大红袍，吃了之后还携带几匣回家。不知是否故弄玄虚，谓炉火与茶具相距以七步为度，沸水之温度方合标准。举小盅而饮之，若饮罢径自返盅于盘，则主人不悦，须举盅至鼻头猛嗅两下。这茶最有解酒之功，如嚼橄榄，舌根微涩，数巡之后，好像是越喝越渴，欲罢不能。喝工夫茶，要有工夫，细呷细品，要有设备，要人服侍，如今乱糟糟的社会里谁有那么多的工夫？

红泥小火炉哪里去找？伺候茶汤的人更无论矣。普洱茶，漆黑一团，据说也有绿色者，泡烹出来黑不溜秋，粤人喜之。在北平，我只在正阳楼看人吃烤肉，吃得口滑肚子膨亨不得动弹，才高呼堂倌泡普洱茶。四川的沱茶亦不恶，唯一般茶馆应市者非上品。台湾的乌龙，名震中外，大量生产，佳者不易得。处处标榜冻顶，事实上哪里有那么多的冻顶？

　　喝茶，喝好茶，往事如烟。提起喝茶的艺术，现在好像谈不到了，不提也罢。

茶魂与茶韵

◎王蒙

小时候不懂得喝茶，甚至以为喝茶是一种奢侈浪费，说明我那时的生活水准够惨的。

但我有一个家境较好的小学同学，我在他家喝过龙井，龙井的涩味令我受用，世上怎么有这样好的感觉？

应该是一九五四年以后吧，供给制改成了薪金制，我开始喝北京人爱喝的茉莉花茶，可喝可不喝，并未进入角色。

到了一九五八年了，下乡劳动，不准在供销社购买一切糕点食品，只开放两样，白糖与茶。那时的一级茉莉花茶，每一纸袋七角钱多一点。我乃极其珍贵地购买之饮用之，有时还放上白糖喝甜的，与欧洲和阿拉伯世界风习暗合。我体会到了香与味，体会到了一种安慰。与其说是一种兴奋作用，不如说是一种调理作用：处境恶劣也罢，食不果腹也罢，劳动繁重也罢，孤独想家也罢，喝一杯一级花茶，总算找到了一点舒适，一点清澈，一点遐想，一点并非完全糟透了的尚好的感觉。说得严重一点，似乎从微甜的或免糖的茶水中保留了自己的一点优越和尊严，我毕竟是一个买得起茶、品得出茶味、也还保留着饮茶的自由自在与慧根的天之骄子。我没有理由沮丧悲观。

在五十年代末六十年代初的逆境中，我始终保留着一个难得的享受,休假时期与妻到北海公园前门附近的茶座上泡上一壶茶,要一点瓜子之类的小食品,且饮且聊,自我安慰,自我鼓舞,互相交流,互相劝勉。有此一乐,当能承担百苦。茶是我厄运中的天使,茶是我病痛灾难中的一点杨枝净水,茶是我半生多事中的一点平安、稀释与单纯。

在新疆,我学会了喝砖茶特别是奶茶。砖茶的品种也很多,不发酵的称为青茶,多出自江西。发过酵的称之为茯茶,维吾尔人称之为黑茶,出自湖南。还有一种香味比较刺激的叫米星茶,产地忘了。维吾尔人喜用的是茯茶,或稍稍一煮,喝清茶,发音是"森茶叶",与日语的清茶或青茶发音一致。奶茶则是在熬好的茯茶上加上奶皮与部分鲜奶,加盐。这些茶至今我仍然时有饮用,它含的单宁似较多,助消化作用明显。每年春节假日,鸡鸭鱼肉吃得较多时,我就大喝这种新疆风味的茶。

我至今记得维吾尔农民向我提的问题,茶是哪里出产的?(答曰内地,主要是南方。)内地怎么会有这么好的东西?茶怎么这么好喝?茶的存在感动了边疆与兄弟民族。茶是中原的一个亮点。

"文革"后操旧业拿出了笔,我的特点是要利用一切时间写作,全天候写作。我的社会活动外事活动极多,但是我的主业是写作。全靠一茶。例如出差,两三个小时的飞行后到了目的地,我入住宾馆,至少两三个小时内谢绝来访,写。怎么个写法呢?先饮一杯浓茶,立即尘念全消,若有所思,悲从中来,味自茶起,此身若隐,进入了另一个文学的世界。摊开稿纸,拿出钢笔,刷刷刷,一行字已经落到了纸上。茶助文思,茶助神宁气定,茶撩心绪,茶也使你念之忆之咏之叹之,茶甚至于使你有那么点自我欣赏自我嗟叹自我作态,返求诸心了,写吧,写吧,再写吧。我是为了写与饮茶而来到这个世界上的。

一杯热茶,是我灵感的源泉,是现实的世界与文学的世界之间的桥梁,却也是一道"防火墙"。与一杯茶一本书几页稿纸相比,那些俗事,那些争斗,那些计较又算得了什么?茶是一个诱惑:有了这么好的茶,你该找到真正的文学感觉啦。

这里还有一个趣话。在我社会政治活动的高潮时期,我常到中南海勤政殿开会,八十年代,规定是与会者必须自费购买小包茶叶,才喝得上茶,没带钱便只能喝白开水。一次我在喝白水,被广播影视部长艾知生看到,他哈哈大笑,给了我五角钱,才喝上了龙井。如今,艾部长已作古多年,自费购茶的规定也有了改变,逝者如斯夫,不舍昼夜!

我对各种茶的兴趣始终盎然。出国我喜欢喝红茶。疲劳的时候,"时差"倒不过来的时候我喜欢往红茶里加上鲜柠檬。吃多了喝新疆风味的茶。夏天喝龙井,碧螺春,崂山绿茶,河南、安徽的各种名牌绿茶。我还购买过堪称天价的君山银针、洞庭银毫:这类茶更适合观赏,因为泡好茶,它的所有茶梗都竖立在杯中水中,像一片小树林。宴请或被宴请时,喝铁观音、大红袍、乌龙茶。近年受风尚影响大喝起普洱来了。一年四季,也都喝一点茉莉花茶,以不忘记自己北方佬这个本。

在云南,我喝过他们的三道茶。在台湾,我喝过阳明山的极讲究的、异香满口的洞顶乌龙。在西北地区或西北省份风味的餐馆里,我喝过回族式的八珍盖碗茶。在杭州,西湖边上的湖畔茶楼令人有仙界不过如此的满足感。在宜兴,我有幸欣赏了他们的紫砂绝技。当然,日本的茶道也很好,它赋予饮茶以宗教式的庄重与虔诚。我在陕西扶风县法门寺的文物中看到了唐代的茶具,大体上与日本茶道用具无异。

得天下之佳茗而品之,其乐何如? 夫复何求? 你还想干什么?

我以为,对于人来说,粮是根,肉是力,酒是情,是热,是激扬生发,是熊熊燃烧。而茶是魂,是韵,是趣味,是机智,也是微笑与飘移,舞蹈与飞升。嗜茶者多半是好相处的人。祝友人茶运亨通,愿饮者平安永远。人生一世,中国人一世,喝茶的年头肯定比喝酒长远,比任职任教长远,比拼搏追逐长远。茶心淡淡,茶心久长,茶心弥漫,茶心终生相伴。

四川友人周啸天有诗曰《将进茶》,诗曰:

> 世事总无常,吾人须识趣,空持烦与恼,不如吃茶去……佳境恰如初吻余,清香定在二开后……诸公休恃无尽藏,珍重青山与绿水。

说茶

◎陈从周

近几月来,因为老妻去世,心绪不宁,文章少写了,尤其对那些有所感触的杂文,再也提不起笔来,人仿佛麻木了似的。在沉重的惨变与打击后,作为四十多年来的患难夫妻,这种情况应该说是正常的。

想要说的话很多,往往欲说还休,写了又怎么样,"你打你的,我打我的",各行其素而已,多余的话,自己常悔恨着,何必多事。

我是一个爱茶若命的人,认为品茗是生活中的快事,没有它,恐怕到如今一个字也留不在人间,因为我生长在杭州,自小就爱上了茶,春日去西湖上坟,在坟亲家尝新茗,吃嫩茶炒虾仁,太美妙的享受啊!虽然"文化大革命"中我进了"五七干校",可是在校中主课是采茶与炒茶,黄山脚下是产茶的地方,因此我这精神食粮仍没有缺过。去美国时,友人知道我饮茶,特别送我一个煎水器,使我依然"碧乳"在手,这销魂的伴侣陪伴着我。外国朋友见到后没有一个不羡慕我,要求同享清福。

大约是时代变化了,新年朋友们有时送我点小东西,不是"可口可乐"就是"橘子水"与"啤酒"等饮料,这真是受之有愧,啼笑皆非,青年们送礼也不懂心理,只好放在墙角做新"古董",由它去吧!

于是我有所发怨言矣！夫茶者，祖国之特产也，世界闻名，祖宗食此以生，祖国持此以换外汇，而今青年人几视为饮此"不文明"、"不先进"，乃落后之产品也，饮之有失现代化先进风度！甚矣！余不解也。我非营养学家，但知茶叶中有丰富的什么 VC，什么素等等，尤其对人的眼好处尤多，我今年快古稀之年了，还不曾戴老花镜，目力很健，此仅一方面言之者。我们全国有多少产茶区，有多少农民靠生产茶叶为生，如今人们与茶叶疏远了，国内的市场销路减了，而国外呢？我从台湾与日本茶来比较，似乎炮制得不及人家，这种局面又怎样办？

我的牢骚又多了，如今宴会也好，交际也好，渐渐不饮茶了，市面上咖啡馆增多，茶店快绝迹了。我在无锡惠山杜鹃园想品茗小坐，说是只卖咖啡，不卖茶。原因呢？饮茶时光多，坐座少，青年人说茶是落后东西，要外国人吃的饮料，我们八十年代了。我唯有唏嘘不已。惠山竹炉煎茶，千古韵事，如今等于如来佛换上了"滑雪衫"；杭州天竺筷改卖刀叉了，用西方形式的东西来作为现代化的标识。我今春去香港，回来人们问我香港印象怎样，我说讲礼貌、清洁，他们还热爱民族的东西，喜饮茶。而我们呢？在这方面我不敢多写。有兴趣的话，你去公共汽车中小坐片刻，体会便有了。

饮茶，中国人称为品茗，重在品字，日本人称茶道，贵在道字，这是真正的东方文化，饮茶是一种高度文化的表现。余惧斯道之渐衰，将使民族文化之消失，与夫国计民生之影响，茶虽"小道"，可不慎乎？

品茗与饮牛

◎冯亦代

《红楼梦》里，妙玉请黛玉、宝钗、宝玉品茗，调笑宝玉说："岂不闻一杯为品，二杯即是解渴的蠢物，三杯就是饮牛饮骡的了。你吃这一海，便成什么。"相比之下，我喝茶一口气便是一玻璃杯，大概较一海为多，便成了什么呢？再说下去便要骂自己了。

我是杭州人，年幼时到虎跑寺去，总要泡一壶龙井茶，风雅一番。但现在想来，也不是"品"，大半是解渴。真正品过一次风雅茶，还是在我邻居钟老先生家里。他暮年从福建宦游归来，没有别的所好，只是种兰花和饮茶。他的饮茶，便是妙玉所谓的"品"了。他有一套茶具，一把小宜兴紫砂壶，四个小茶盅，一个紫砂茶盘，另外是一只烧炭的小风炉。

饮茶时，先将小风炉上的水煮沸，把紫砂壶和四个小茶盅全用沸水烫过一遍，然后把茶叶——他用的是福建的铁观音——放一小撮在紫砂壶里，沏上滚水，在壶里闷一下再倒在小茶盅里，每盅也不过盛茶水半盅左右，请我这位小客人喝。我那时已读了不少杂书，知道这是件雅人干的雅事。但如此好茶，却只饮一两次半盅，意犹未尽；不过钟老先生已在收拾茶具了。以后每读《红楼梦》栊翠庵品茶的一回，不免失笑。自忖自己是个现代人，已无使用小紫砂壶饮铁观音的雅兴，只合做个俗人,饮牛饮骡而已。

我小时候祖母是不许我饮冷茶的,说饮了冷茶便要手颤,写不好字了。当时年幼还听大人的话,后来进了中学,人变野了,有时在外面跑得满身大汗回来,便捧起那把大瓦壶,对着壶嘴作牛饮。这在饮茶一道里,该是最下乘的了,难怪我现在写的字这么糟!钟老先生后来搬了家,我去看望他时,他也会拿出他那套茶具来,请我"品"铁观音。这样饮茶有个名堂,叫饮"工夫茶";说明这样喝茶需要工夫,绝非心浮气躁的人所能做到。

中国因为鸦片烟曾与英帝国主义打了一仗,而在茶叶问题上,英帝国主义和在北美的殖民地也闹了一番纠纷。英帝国用鸦片烟来毒害中国老百姓,却用茶叶来压制北美殖民地为东印度公司剥削牟利。殖民地人民起来反抗了,拒绝从英国进口的茶叶,曾在波士顿把整货船的茶叶倒入海里,以示抵制,这种事终于导致了美国以后的独立战争。

英国也是个饮茶的国家,他们天黑后要饮一次"傍晚茶",其实有些像我们的吃夜宵。饮茶之余还佐以冷点心肉食等等。英国人喜欢饮"牛奶茶",用的是锡兰(即今之斯里兰卡,当时还属印度)生产的茶叶,即有名的李普顿红茶,饮时加上淡乳和方块砂糖,他们是不喝绿茶的。这在英国东印度公司的贸易中也是一宗重要的项目。

英国人喝茶也有一套繁文缛节,类似我们福建同胞喝的"工夫茶"。英国散文大师查尔斯·兰姆曾经写过一篇文章《古瓷器》,就专门为了饮茶用的中国瓷茶杯,写了一大段。可以看出英国人饮茶的隆重。我的岳父是位老华侨,自幼即在英国式书院上学,也染上了一身洋气。他每天必饮"牛奶茶"。

在他说来这是一件大事。我还在谈恋爱时，他知道了，便约我到他家饮茶。

他也有一个小炉子，一把英国式的茶壶，就是喝茶的杯子比我们喝"工夫茶"的茶盅略大一些，但也不是北京可称为海的大碗茶。他先把小炉子上的水煮滚了，在沏茶的小壶口上放一只银丝编织的小漏勺，大小与壶口同，里面装上李普顿茶叶，然后把沸水冲入壶内，再把壶盖盖严。这样闷了几分钟，沸水受了茶气变成茶水，便可以喝了；而茶叶是不放入壶中的。另外还备有蛋糕或涂黄油的新烤热的面包(吐司)，主客便一边喝茶、吃点心，一边谈话。我是第一次喝西式茶，又是毛脚女婿上门，心怀惴惴，老实说这一次就没有"品"出李普顿红茶的味儿来，以后次数多了，觉得李普顿茶叶的味道的确比龙井来得厚，香气也比龙井浓。龙井是清香，妙在淡中见味。

以后我到香港去了。香港的中式茶楼，座客衣着随便，且多袒胸跣足者侧身其间，高谈阔论，不知左右尚有他人。这些茶楼仍以品尝各式细点为主，茶楼备有热笼面点糕饼不下百十种，用小车推至座客前，任选一二种慢慢受用，颇有特殊的风味。据传也有茶客，自清晨入店，午夜始回，终日盘桓，以至倾家荡产的。香港多的是这类广式茶楼，这已不是明窗净几、集友辈数人作娓娓清谈的饮茶了，而是充满市井气的热闹场所。若从品茗来说，这大概只能归入于冲洗胃里的油腻一流，既非品，亦非饮，而是讲究吃的了。

香港也有完全西式的茶座，如战前有名的香港大酒店、告罗士打行和"聪明人"茶室等。告罗士打和香港大酒店的茶座，是珠光宝气的妇人和油头粉面的少年麇集之所，倒是"聪明人"茶店虽设在地下室内，却少烦杂的喧嚣，可以与至友数

茶

人作娓娓清谈。这里喝的除了纯咖啡与冷饮外,就是一樽李普顿红茶,是饮茶而非品茗。好在去的人意不在茶,茶叶的好坏便无所谓了。

抗战后回到上海,以前只有洋人才能进去的饭店茶室,大者如华懋、汇中,小者如DD'S与塞维那,我们也能大大方方进出了。还是喝茶,但这已不是品茗,而是对于未来美好日子的期待了。

喝茶

◎杨绛

　　曾听人讲洋话，说西洋人喝茶，把茶叶加水煮沸，滤去茶汁，单吃茶叶，吃了咂舌道："好是好，可惜苦些。"新进看到一本美国人作的茶考，原来这是事实。茶叶初到英国，英国人不知怎么吃法，的确吃茶叶渣子，还拌些黄油和盐，敷在面包上同吃。什么妙味，简直不敢尝试。以后他们把茶当药，治伤风，清肠胃。不久，喝茶之风大行，一六六〇年的茶叶广告上说："这刺激品，能驱疲倦，除噩梦，使肢体轻健，精神饱满。尤能克制睡眠，好学者可以彻夜攻读不倦。身体肥胖或食肉过多者，饮茶尤宜。"莱登大学的庞德戈博士（Dr. Cornelius Bontekoe）应东印度公司之请，替茶大做广告，说茶"暖胃，清神，健脑，助长学问，尤能征服人类大敌——睡魔"。他们的怕睡，正和现代人的怕失眠差不多。怎么从前的睡魔，爱缠住人不放；现代的睡魔，学会了摆架子，请他也不肯光临。传说，茶原是达摩祖师发愿面壁参禅，九年不睡，天把茶赏赐给他帮他偿愿的。胡峤《饮茶诗》："沾牙旧姓余甘氏，破睡当封不夜侯。"汤况《森伯颂》："方饮而森然严乎齿牙，既久而四肢森然。"可证中外古人对于茶的功效，所见略同。只是茶味的"余甘"，不是喝牛奶红茶者所能领略的。

　　浓茶搀上牛奶和糖，香洌不减，而解除了茶的苦涩，成为液体的食料,不但解渴,还能疗饥。不知古人茶中加上姜盐,究竟什么风味。卢同一气喝上七碗的茶,想来是叶少水多,冲淡了的。诗人柯立治的儿子,也是一位诗人,他喝茶论壶不论杯。约翰生博士也是有名的大茶量。不过他们喝的都是甘腴的茶汤。若是苦涩的浓茶,就不宜大口喝,最配细细品。照《红楼梦》中妙玉的论喝茶,一杯为品,二杯即是解渴的蠢物。那么喝茶不为解渴,只在辨味,细味那苦涩中一点回甘。记不起哪一位英国作家说过,"文艺女神带着酒味","茶只能产生散文"。而咱们中国诗,酒味茶香,兼而有之,"诗清只为饮茶多"。也许这点苦涩,正是茶中诗味。

法国人不爱喝茶。巴尔扎克喝茶,一定要加白兰地。《清异录》载符昭远不喜茶,说"此物面目严冷,了无和美之态,可谓冷面草"。茶中加酒,使有"和美之态"吧? 美国人不讲究喝茶,北美独立战争的导火线,不是为了茶叶税吗? 因为要抵制英国人专利的茶叶进口,美国人把几种树叶,炮制成茶叶的代用品。至今他们茶室里,顾客们吃冰淇淋喝咖啡和别的混合饮料,内行人不要茶;要来的茶,也只是英国人所谓"迷昏了头的水"(bewitched water)而已。好些美国留学生讲卫生不喝茶,只喝白开水,说是茶有毒素。代用品茶叶中该没有茶毒。不过对于这种茶,很可以毫无留恋地戒绝。

伏尔泰的医生曾劝他戒咖啡,因为"咖啡含有毒素,只是那毒性发作得很慢"。伏尔泰笑说:"对啊,所以我喝了七十年,还没毒死。"唐宣宗时,东都进一僧,年百三十岁,宣宗问服何药,对曰:"臣少也贱,素不知药,唯嗜茶。"因赐名茶五十斤。看来茶的毒素,比咖啡的毒素发作得更要慢些。爱喝茶的,不妨多多喝吧。

吴山品茶

◎冯英子

杭州楼外楼酒家发起的"金秋笔会"中,有一个节目叫"品茗城隍阁"。品茗者,饮茶也,城隍阁,即旧时的杭州城隍庙,在杭州的吴山上。吴山,是杭州的一个景点.它像常熟的虞山一样,山体伸入市区,是杭州的制高点,海拔约百米,由紫阳、云居、七宝、峨眉等山连成,山势起伏,绵延几里,登山远眺,杭州尽入眼底。

吴山之所以称为吴山,有两种说法,一说在春秋战国时代,此地是吴国的南界,因称吴山;一说是伍子胥屈死后,老百姓为纪念他,将此山称为伍山。伍吴之间,声音相似,久而久之,称为吴山了。吴山东南的紫阳山上,刻有宋米芾写的"第一山"和朱熹写的"吴山第一峰"大字。在吴山的山腰有一棵香樟树,植于宋淳祐年间。淳祐是宋理宗的年号,距今已有七八百年历史了,而我们在山顶看到的香樟树,虬枝入云,亭亭如盖,几个人也抱不拢来。

吴山品茗,先是去参观城隍阁底层的那幅南宋时杭州全境的写景。杭州开发于唐代而盛于南宋,那个侄儿皇帝赵构逃到杭州之后,其实已被金人吓破了胆,无意回到残破的汴州去了,因此杭州的发展也日长夜大,无比繁华起来。我们站在这张几十米长的南宋时期杭州全景图前,很为它当时的繁华和壮丽吃惊。

宋代的词家柳永,曾为当时杭州的繁华写过一阕《望海潮》的词,他说:

> 东南形胜,三吴都会,钱塘自古繁华。烟柳画桥,风帘翠幕,参差十万人家。云树绕堤沙,怒涛卷霜雪,天堑无涯。市列珠玑,户盈罗绮,竞豪奢。
>
> 重湖叠巘清嘉,有三秋桂子,十里荷花。羌管弄晴,菱歌泛夜,嬉嬉钓叟莲娃。千骑拥高牙,乘醉听箫鼓,吟赏烟霞。异日图将好景,归去凤池夸。

柳永是当时有名的词人,他的作品,流传很广,此曲传入金邦之后,据说引起了金主完颜亮的南侵之意。他听到南方如此繁华,也做着"立马吴山第一峰"的梦了。据罗大经的《鹤林玉露》说:"此词流播,金主亮闻歌,欣然有慕于'三秋桂子,十里荷花',遂起投鞭渡江之志。近时谢处厚诗云:'谁把杭州曲子讴?荷花十里桂三秋。那知草木无情物,牵动长江万里愁。'余谓此词虽牵动长江之愁,然卒为金主亮送死之媒,未足恨也。至于荷艳桂香,装点湖山之清丽,使士夫流连于歌舞嬉游之乐,遂忘中原,是则深可恨耳。"罗大经先生批评的只是那个南宋小朝廷,对于这首《望海潮》还是肯定的,其实在几百年后的今天观之,柳永此词,仍是咏杭州的杰作,不失为宋词中的翘楚。偶登吴山,吟念此词,人们仍不能不想念"十里荷花桂三秋"之杭州当年也。

吴山品茗,用电梯登上城隍阁的高层,我忽然觉得,这个设计,很有点像日本名古屋的天羽阁(这个名字可能有错,但年深日久,一时记不起来了)。一是从底层到高层,已经不劳跋涉,使用电梯了,解除了采访者的爬梯之苦;二是上面也装上了望远镜,站到望远镜前,则钱江浩荡,杭州繁华,一一收入眼中,很突出吴山这个制高点的作用。

品茗,是一种人生的享受,也是一种生活的乐趣。中国人的品茗,据说最早始于炎帝时代。炎帝,历史上称作神农氏,"神农尝百草",是大家知道的故事,茶是百草之一,但茶的盛行却在唐代,陆羽先生的《茶经》,才确立了茶的地位。我们常说"柴米油盐酱醋茶"是开门七件事,缺一不可,可见茶是我们生活中不可缺少的部分。杭州是龙井茶产地,龙井茶驰名天下,因此在杭州的吴山,品龙井之茗,就有一种特殊的意义了。

毛泽东在送柳亚子的诗中,有一句叫"饮茶粤海未能忘",一朝茶遇,终身铭记,这种革命的感情,是更能说明茶在人们生活中之重要作用的。今天吴江同里的南园茶楼,就塑有陈去病和柳亚子两人当年饮茶、弈棋的蜡像;而昆山的周庄人民,也津津乐道当年柳亚子、叶楚伧等在迷楼中品茗饮酒的故事。品茗品茗,其实是浸透了中国人民的生活。

在吴山的城隍阁中,品的是杭州真正的龙井,茶色明亮,茶味醇香,我对着那只口大、身矮的玻璃茶杯,看翠绿的茶叶在茶汤中上下沉浮,从茶的历史想到茶的发展,真是浮想联翩,不能自已了。

我们吃下午茶去！

◎董桥

　　茶有茶道,咖啡无道:茶神秘,咖啡则很波希米亚。套Roland Barthes的说法,茶是英国人的"图腾饮料"(totem-drink),每天上下午两顿茶点是人权的甜品,只剩午饭晚宴之后才喝咖啡,硬说餐后喝奶茶是俗夫所为,没有教养,宁愿自讨苦喝,喝不加糖不加牛奶的黑咖啡死充社会地位,还要忍受外国人笑他们煮出来的咖啡味道像"弄湿了的脏衣袖拧出来的水"! 幸好James Laver幽默解嘲,写茶经说咖啡提神,烈酒催眠,十八世纪法国人大喝咖啡,出了一批会编百科全书的鸿儒;这批鸿儒要是一边喝酒一边辩论学问,结果不是挥刀宰掉对手就是沉沉入睡;茶则喝了既不会催眠也不致好辩,反而心平气和,难怪英国人有"忍让的气度"云云。其实,当年英国东印度公司垄断茶市的手段并不"忍让",终于在美利坚惹出茶叶其党、独立其事。

　　懂得茶的文化,大半就讲究品茗正道了:有一位长辈来信开玩笑说:"茶叶虽好,用煤气炉代石灶,不锈钢壶代瓦锅,自来水代名泉,自不免大煞风景。"知堂老人主张喝茶以绿茶为正宗,说是加糖加牛奶的红茶没有什么意味,对George Gissing《草堂随笔》冬之卷里写下午茶的那段话很不以为然。吉辛到底是文章大家,也真领悟得出下午茶三昧,落笔考究得像英国名瓷茶具，白里透彩，又实用又堪清玩：午后冷雨溟濛，散步回家换上拖鞋，披旧外套，蜷进书斋软椅里等喝下午茶，那一刻的一丝闲情逸致，他写来不但不琐碎，反见智慧。笔锋回转处，少不了点一点满架好书、几幅图画、一管烟斗、三两知己；说是生客闯来啜茗不啻渎神，旧朋串门喝茶不亦快哉！见外、孤僻到了带几分客气的傲慢，实在好玩，不输明代写《茶疏》的许然明："宾朋杂沓，止堪交钟觥筹；乍会泛交，仅须常品酬酢；唯素心同调，彼此畅适，清言雄辩，脱略形骸，始可呼童篝火，汲水点汤。"到了女仆端上茶来，吉辛看见她换了一身爽净的衣裙，烤面包烤出一脸醉红。神采越显得焕发了。这时，烦琐的家事她是不说的，只挑一两句吉利话逗主人一乐，然后笑嘻嘻退到暖烘烘的厨房吃她自己那份下午茶。茶边温馨，淡淡描来，欲隐还现，好得很！

茶味常常教人联想到人情味，不然不会有"茶与同情"之说；偏偏十八世纪的 Jonas Hanway 不知分寸，骂人家的侍女喝茶太狂，花容憔悴，又骂修路工人偷闲喝茶，算出一百万名工人一年工作两百八十天、每人每十二个工作小时扣掉一小时冲茶喝茶，英国国库每年亏损五十八万三千三百三十三英镑！老实说，这些贵族是存心不让工人阶级向他们看齐：东印度公司操纵茶市一百年左右，伦敦茶价每磅值四英镑，只有贵族富家才喝得起，那期间，欧洲其他国家先后压低茶税，次级茶叶这才源源输英，只售两先令一磅，普罗大众纷纷尝到茶的滋味了！英国色情刊物至今还刊登不少中产妇女勾引劳力壮汉喝茶上床的艳事，虽是小说家言，毕竟揶揄了詹姆斯·翰威这种身心两亏的伪丈夫。

小说家费尔丁老早认定"爱情与流言是调茶最好的糖"，

果然，十九世纪中叶一位公爵夫人安娜发明下午茶会之后，闺秀名媛的笑声泪影都照进白银白瓷的茶具之中，在雅致的碎花桌布、黄瓜面包、蛋糕方糖之间搅出茶杯里的分分合合。从此，妇女与茶给文学平添不少酸甜浓淡的灵感：Dorothy Parker 的 *The Last Tea* 和 V. S. Pritchett 的 *Tea with Mrs. Bittell* 都是短篇，但纸短情长，个中茶里乾坤，已足教人缅想古人"饮啜"之论所谓一壶之茶，只堪再巡；初巡鲜美，再则甘醇，三巡意欲尽矣，乃以"初巡为婷婷袅袅十三余，再巡为碧玉破瓜年，三巡以来，绿叶成荫矣"！

后来，英国争取女权运动的人为烧水沏茶的家庭主妇和女工发出了愤怒的吼声！著名专栏作家 Katharine Whitehorn 在《观察家报》撰文抱怨妇女以泡茶消磨光阴最是无聊："有人说：'没有茶，谁活得下去？'叫他们去死，他们就活得下去了。我说茶是英国病。"又说："英国家庭生活劳人伤神，正是家家户户穷吃茶这件混账事惹出来的。"可是，"最后一次茶叙"是什么情调呢？巴克小说里那个穿巧克力色西装的年轻人坐到餐桌边，戴着人造山茶花的女人已经在那儿坐了四十分钟了。"我迟到了，"他说，"对不起要你等。""我的老天！"她说，"我也刚到了一下。我想喝茶想死了，一进门赶紧叫了一杯来再说。其实我也迟到。我刚坐下来不到一分钟。""那还好，"他说，"当心当心，别搁那么多糖——一块够了。快把那些蛋糕拿走。糟糕！我心情糟透了！"她说："是吗？到底出了什么事了？"

没事。"煎茶烧香，总是清事，不妨躬自执劳"，正好消磨无聊光阴，英国茶痴怎么可以不学这点气度？茶杯里的风波最乏味。当年《笨拙》杂志一幅漫画的说明说："要是这杯是咖啡，那我要茶；可是要是这杯是茶，那我偏要咖啡。"吉辛的女仆走了；吉辛茶杯里的茶还堪再巡：我们吃下午茶去！

漫说茶文化

◎唐达成

中国人爱喝茶，洋人则爱饮咖啡。民族习惯不同，不足为怪，近年来，善做广告、深谙经营之道的外商，把名牌咖啡雀巢、麦氏之类，打入我国市场，行情看俏，颇有趋之若鹜之势，"味道好极了"之声，甚嚣尘上。

但依我的习惯和直感，在饮料中，最令人神往欣赏的，还得首推饮茶。中国人的煮泉品茗，是别有一番情趣、一番境界的，可以说构成了文化的一部分。只可惜，我虽爱饮茶，对此却毫无深究，至多也只能算个极普通的茶民罢了。

对饮茶引起兴趣，还得追溯到抗日战争初，我在重庆上小学时期。那时重庆茶馆很多，而且开板营业极早，当我背着书包上学时，我家对面那座茶楼，常已顾客盈门。在我印象中，重庆人那时似乎是一起床，就先进茶馆的，洗脸、品茶、早点，都在其中。茶馆陈设并不讲究，只是一排竹躺椅，夹杂着些茶几，顾客一进门，便潇洒散漫地在竹椅上一躺，只听伙计大声地、热情地吆喝着，一手取来盖碗茶，一手便以大铜壶的开水冲泡之。一道白光，冒着热气从壶口喷出，然后稳稳地落入杯中，适满而止。童年的我，常为茶伙计的这手绝活，仁脚观看，心中暗暗惊服。茶馆内是一片嘈嘈杂杂之声，不论是老友还是新知，一面啜茶，一面便天南海北地摆起龙门阵来，滔滔不绝。四川人口才好，脑子快，能言善辩，大事小事都能说得天方地圆、如云如雾，我老觉得这与经常爱上茶馆有点什么渊源。那年月，信息手段远不如现在先进，社会的封闭性是显而易见的。茶馆便很像是个信息交流中心。在这里，人们似乎除了品茶之外，还可获得各式各样的消息，当然流言蜚语、以讹传讹的谣言，也是少不了的。但在当时极度封闭的社会中，一些从报上看不到的新闻和信息，便也从这里传出，或者传递了某种社会心态。后来，国民党统治更其高压时，茶馆里就贴出了"莫谈国事"的告示，便足可证明茶馆的这一作用。当然从文化涵义上讲，这也只能是"俗文化"吧，遗憾的是，对这些似乎没人考据研究过，我自然更说不出所以然来。这些茶客固然嗜茶如命，对于茶却也看不出有什么讲究，要论等级，恐怕也只能算是一般的茶民而已。

我父亲很爱喝茶，每天都是离不了的，而且茶泡得极酽。每逢他翻书或刻印，总有浓茶一杯相伴。他是湖南人，茶泡过几道后，淡而无味了，他就拿手指把茶碗中的茶叶全部纳入口中，细细咀嚼，然后咽下去。最初我见到这情景觉得很奇怪，怎么喝茶还把茶叶也吃进肚去。小时不敢问，大了曾问过他，他想了一下说："这倒是湖南人喝茶的习惯，但这是个好习惯，一来茶叶很有营养，帮助消化；二来茶叶采来不易，喝了几道便弃去，太可惜了。"后来，我见到有同志写回忆毛主席的文章，写到毛主席也有把泡过的茶吃掉的习惯，大概这在湖南是相当普遍的了，只是我却至今也没养成这个习惯。

我对茶的兴趣越来越浓，以致须臾不可或离，是与我从事编辑、写作生涯密切相关的。五十年代，我还不会吸烟，那时也无雀巢、麦氏之类的速溶咖啡可饮，遇到赶稿，便泡上一杯酽茶,文思阻遏时,即品茶苦思,或深夜困倦袭来,更全赖酽茶支持。就我的经验而言,浓茶确有提神醒脑之效,其功力绝不在咖啡之下。只要有酽茶为伴常可坚持写作,通宵不眠。只是我喝茶水平相当低。茶的种类极其繁富,种种名茶都各有富于诗意的雅号,更有各自的特色,但我却只能大概分出红茶、绿茶、花茶的区别。当然,真正的绝妙佳品,啜饮一口,满颊生香,会令我赞叹不止,却不能像有些精于此道的同志,立刻可以将各种名茶的来历、好处、冲泡之法一一道来。我每每听到他们论说茶道种种,不能不叹服,觉得此道确有悠久历史积累下的深邃学问,不能等闲视之。在他们看来,我的饮茶,实在远没有入门,至多也只能算个业余爱好者罢了。

记得有一次到宜兴开会,这可是个既产茶又产茶具的著名胜地。会议间隙,主持者邀大家到附近茶场一游。那正是春雨迷蒙、柳叶泛青的季节。在茶场小楼上,场长盛情地为我们每人泡了一杯刚刚采制的新茶。透亮的玻璃杯中,茶水微绿,清香扑鼻,大家赞不绝口。我们倚凭在小楼的走廊杆上,远眺环绕四周的茶园。只见微雨初罢,叠翠如洗,一簇簇矮矮的茶树,密密匝匝地排列成行,逶迤起伏在丘陵上,淡绿精碧,如画如屏;十几个采茶少女,肩背茶篓,穿行其间,两手不停地采撷着新叶,仿佛是天然一幅"采茶图"。场长告诉我们,采茶十分辛苦,尤其是初采嫩叶,每位茶工采撷一天,也不过焙制新茶一两左右。要焙制名茶,工序繁杂细致,几乎要经过几十道的加工,所以高级茶叶售价高昂,并不奇怪,这本是大量劳动汗水凝聚而成。关于制茶手艺更有一套专门本领,这全凭茶场技师与技工的钻研和讲究了。场长的一席话,令我想起老父亲把泡过的茶叶吃下去的情景,和他向我作"采茶不易,弃去可惜"的解释,确实是深味甘苦的话。

中国的饮茶,可以说极普及、极大众化。在日常生活中,几乎家家户户离不开它,有客进门,总是先泡茶相待,开门七件事,柴米油盐酱醋茶,也有茶这重要的一项。可谓俗生活的组成部分。但是老舍先生的杰作《茶馆》,却就从这极俗的生活中,从王掌柜起伏坎坷的命运中,概括出了极深刻的时代风云与历史变化,而其中带来的人生况味,更与茶一样浓郁幽远。

可见俗中有雅。茶文化经历长期历史与民族文化的陶冶,除了俗的一面,还有极雅致、极讲究的一面,这不是偶然的。历代文人墨客在品茶中,得到极大的情趣和某种净化情感的满足,甚至达到了某种境界,这往往是其他文化活动所不能给予的,因此历代诗人常以咏茶入诗,诗人陆游就有句云:"细啜襟灵爽,微吟齿颊香,归时更清绝,竹影踏斜阳。"把饮茶带来的悠然心境,表达得多么细致酣畅!范仲淹则有著名的《斗茶歌》,歌云:"黄金碾畔绿光飞,碧玉瓯中翠涛起,斗茶味兮轻醍醐,斗茶香兮薄兰芷。"对于茶的色香味的歌赞,可说达到极致,或者也可以说陶醉神往其中了。近日偶读郑逸梅老先生的《天花乱坠》,其中说到近人"夏宜滋有卢同、陆羽癖,自制梅花、水仙、茉莉等花,清芬溢座,而茶中绝无梅花、水仙、茉莉等花,人呼茶圣。"像这样善于品茶、制茶,又从品茶、制茶中获得某种精神上的高度感受,称之为"茶圣",以区别于我们这类"茶民",倒也可以说名副其实了。

但是我由此想到,作为茶文化的特点,或许就是它的雅俗共赏,雅俗并至,雅俗同好。中国茶文化之悠久不绝,或许于此可察端倪。据史载,人工制茶始于春秋,商业制茶则始于西汉，而历代研究茶的专著，除陆羽的《茶经》早已闻名遐迩外，其他的竟达百余部，似乎人在各种心情境遇下，茶都可以给人以慰藉、支持和满足，无论是"茶圣"还是"茶民"，无论是老少贤愚，咸有此好。茶文化之绵绵不绝，或有至理在焉。

据说，日本的"茶道"也是从中国传去的。我从电视中看介绍，觉得无论茶具、冲法，以至饮茶仪式，都堪称典雅之至。我不知道当初中国人喝茶是否也曾形成过这样一整套的繁文缛礼，抑或是被日本人接受后又重新改造发展成了这样的规范。金克木教授曾感慨地说："中国对日本，近代打了快一百年的交道，但是不热心研究日本。"对于日本的"茶道"和中国的茶文化究竟有什么关系，似乎也还是值得研究的一个题目。不过看了日本的"茶道"，我总觉得把饮茶搞到那么"神圣"、"典雅"的程度，就有点担心，雅俗共赏如果终于只胜下了"雅"与"圣"，那么茶文化恐怕也就难以有蓬勃发展的生机了。

茶余琐话

◎李国文

我记得刚从南京来到北京的时候，那是一九四九年的秋天。

北京的秋天有点凉，凉也挡不住外乡人对它的兴趣，因为这是一座浓缩着历史的城市，街道、胡同、店铺、人家，都像一本厚厚的古籍，耐人仔细寻味。那一份怎么也拂拭不去的陈旧感，古老感，使人觉得苍凉，更觉得沉重。也许那时的北京没有如今人多，走在小巷子里，除了鸽哨，除了飘落的树叶，除了你的脚步声的回响，连个人影也见不着的，好像时间的钟摆，已经凝滞在那里似的。

北京就是这样的吗？我在纳闷。有一天，走在东单牌楼那条街上，一家茶叶店的楼上，忽听一班洋鼓洋号的管乐队，吹吹打打做广告，使我吃惊得站住了。茶，和萨克斯管，和架子鼓，应该是很不搭界的。然而，这份浅薄的喧噪，令我对沧桑的古城，有了不同的认识。在我记忆中，上海的茶庄，虽在十里洋场，置身闹市，但唯恐其不古色古香，尽量斯文礼貌，端庄儒雅，尽量商人气少，书卷气浓。而古城的茶叶店，却如此摩登、趋时、市俗化，实在有些不解。

这是我最早接触到的北京人的茶趣。后来，才渐渐明白，老北京人对于饮茶之道，和茶叶主产地的南方人，那舌尖味蕾的微妙感觉，有着难以调和的差别。"大碗茶"出于北京，就凭这三个字，便大致概括了京城百姓的茶品位。

这一年的冬天，我参加京郊的土地改革运动，就在海淀蓝靛厂一带，第一次喝到了地道的北京花茶。那时，蓝靛厂是真正意义上的郊区，进得偏远一点的村庄，往往见土墙上，用石灰水画的大圆圈。初不明何义，后经老乡解释，方知那是吓唬狼的。因为狼性多疑，一见白圈，不知深浅，便多掉头而去。如今，若将当时土改工作组有人受到狼的狙击事，讲给那一带的人听，一定以为是天方夜谭。

所以，分到各村去的工作人员，一路灌足了挟带着沙尘的西北风，再加之对狼的提心吊胆，到了老乡家，坐在热炕上，喝一盏香得扑鼻的花茶，是多么滋润安逸的享受了。

蓝靛厂周围村庄，多为旗人聚居地。他们大都不从事农业劳动，因而不能分田分地，但有关政策还是要向他们宣传的。旗人由盛而衰，虽衰，可还保留着一点盛时余韵。譬如礼数周到，譬如待客殷勤，客至必沏茶，必敬烟，古风依然。水壶就坐在屋当央的火炉上，整日嘶嘶作响，阳光透过略有水蒸气的窗户，有一种朦胧温馨的感觉。我第一次喝到北京的花茶，就是一位穿着长大棉袍（即使当时也不多见）的旗人老太太，亲手沏的。

递在我的手里，眼为之一亮，杯子里还浮着一朵鲜茉莉花，那在数九寒天里，可真是稀罕物。以前在上海家中，只知绿茶和红茶，也仅识得绿茶的炒青、瓜片、毛尖，和红茶的祁门、英德、宁红种种。不知花茶为何物？四十年代在南京读书时，随着当地同学去泡茶馆，南京人讲究"上午皮包水，下午水包皮"；泡茶、泡澡，视为人生两大乐事，这才听跑堂问："先生阿要香片?"

香片者,即花茶也。这位曾经进过宫,给太后娘娘(我估计为光绪的瑾妃,后来的隆裕皇太后)磕过头、请过安的老太太,不说花茶,而说香片,这是一种派,一种过过好日子、见过大世面、轻易不肯改口随俗的自尊。前几年,到台湾,与那边的朋友谈北京,有人很留恋北京香片,说那一股沁人心脾的气味,至今难以忘怀。看他年纪,不用问,三四十年代肯定在北平呆过,属于在旗老太太那一类的香片茶友。现在,几乎没有人说香片了,"文革"期间,到茶叶店里,连花茶也不说,招呼声来一两"高碎"(即高级茉莉花茶碎末的简称),服务员也就明白了。花八毛钱,捧回家来,挨批遭斗之余,喝上一杯,也是无言的自我安慰了。

在什么都凭票凭证的年代里,只有茶叶,和中国老百姓在一起,真不易。

不过,说实在的,我对这种花非花、茶非茶的香片,不是十分热衷。我更喜爱喝闽北的武夷岩茶,闽南的安溪铁观音,台湾的洞顶乌龙,粤东的凤凰单枞。记得有一年坐长途大巴,行驶在闽粤交界处的山区公路上,路况不佳,颠簸困顿,饥渴难忍,加之烈日当头,骄阳似火,酷热难熬,众人遂要求在路旁的小镇歇脚。就在热得不可开交的那一刻,一小盅烫得不可开交的工夫茶,浇入喉间,顿觉暑热全消,心旷神怡,如苏东坡诗中所写"两腋清风起,我欲上蓬莱"那样,竟有飘飘欲仙之感。

古人喝茶,是要煮的,现代人喝茶,通常都是冲泡。古人煮茶,还要放进别的什么东西的,也许花茶是更古老的一种喝法呢?"昨日东风吹枳花,酒醒春晓一瓯茶",唐人李郢这首《酬友人暮春寄枳花茶》诗,或可一证。但是,要想喝到茶的全自然品味,当数绿茶,因为它最接近原生态。其实,能喝到杭州龙井,苏州碧螺春,或者阳羡、婺源这些有名气的绿茶,自是口福不浅。其实,"天涯何处无芳草",有一年,在皖南黄山脚下,逛徽式古建筑村落,走得累了,在一农家院落里大影壁下歇凉,自然要讨口水喝。主人颇知趣,忙汲井水,着小妮子烧开,抓两把新茶,投入硕大的茶壶中。连连说无好茶招待,但斟上来一盏盏新绿,同样也喝得齿颊生香,余甘不尽。其实,得自然,得本色,得野趣,便是佳茗。有茶助兴,便雌黄文坛,嘲笑众生,海阔天空,心驰神往起来。

茶,能醉人,我想,那一天,我是醉茶了。

苏轼诗云:"戏作小诗君莫笑,从来佳茗似佳人。"如果允许说两句醉话,绿茶似童稚少女,红茶似成熟少妇,乌龙似介乎两者之间的邻家女孩,更妩媚可爱些。那么,北京人钟爱的花茶呢?就是打扮得过头,甚至有点张狂的女郎,倒遮住了本来的应该是率真的美。

然而,茶是好东西,在人的一生中,它或许是可能陪伴到你最后的朋友。

一般而言,抽烟,是二十岁、三十岁时的风头,跷二郎腿,喷云吐雾,含淡巴菰,快活神仙;喝酒,是四十岁、五十岁时的应酬,杯盏碰撞,酒浅情深,觥筹交错,你我不分;可到了六十岁、七十岁以后,医生会谆谆劝你戒烟,家人会苦苦求你禁酒,到了与烟告别,与酒分手之后,百无聊赖之际,口干舌燥之时,恐怕只有茶,陪你度过夕阳西下的余生。

我在剧团待过,团里的那些老艺人,都是老北京,都是花茶爱好者,一上班,先到开水房排队沏茶。然后你就听吧,他们喝起茶来,所发出日本人吃面条的吸溜之声,此起彼伏,压

茶

倒了政治学习读报纸社论的声音。由于他们茶叶的消耗量大，所费不赀，所以，他们都喝那种不是很贵的花茶。如果说开门七件事，柴米油盐酱醋茶，茶在末尾，对老艺人来讲，这最后一位的茶，却是第一位的需求。

旧时，京剧演员在台上唱着唱着，跟班会送上去一盏茶，戏停下来，让他润润嗓子，这叫"饮场"，艺人离不开茶的程度，可想而知。我在的那个剧团，说唱曲艺的，通常都携有一个半公升大小的搪瓷茶缸，茶缸上挂着的茶锈，至少有好几微米厚，足以说明其茶龄之悠久。他们从做徒弟时捧这个茶缸，捧到当师傅，捧到退休养老，捧到赋闲晒太阳，看样子，一直要捧到生命的最后一刻，才会撒手。

人之一生，说起来，是一个加和减的过程，先是加，加到一定年龄段以后，就开始减了，最后减到一无所有为止，每个人都会遇上这样一个渐渐淡出的局面，烟，会离你而去，酒，会离你而去，甚至老婆、情人、朋友、相好，都有可能离你而去，只有这一盏茶，不会把你抛弃。

茶好，好在有不嚣张生事，不惹人讨厌，平平和和，清清淡淡的风格，好在有温厚宜人，随遇而安，怡情悦性，而又矜持自爱的品德。在外国人的眼里，茶和中国是同义词，你懂得了茶，也就懂得了中国。

西洋人好喝咖啡，中国人爱喝茶，咖啡是在亚热带阳光充分的肥沃土地里生长出来，咖啡豆成熟了以后，红得十分鲜艳，因为它凝缩了太多的阳光。而茶叶通常都种植在云雾迷漫、空气湿润的高山之巅，茶树的每个叶片，云蒸霞蔚，雨露滋润，汇聚着大自然的精灵之气。如果说，阳光是热量的总汇，那么，精灵则是智慧的结晶，所以，喝咖啡的西方人和喝茶的中国人,在感情上,便有外在和内向之别;在性格上,便有冲动和敛约之分;在行为上,便有意气用事和谨言慎行的不同;在待人接物上,西洋人讲实际,讲率直,重在眼前,中国人讲礼貌,讲敦厚,意在将来。所以,喝茶的中国人,喝出了五千年的悠久历史,而喝咖啡的西方人,也有过历史很辉煌、很漫长的国家,但现在有的已经消亡,有的也不很振作了。

所以说,茶之可贵,因为它能成为我们每个人的终身之友,它那一股冲淡的精神,也应该是我们每个人尽量禅悟的根蒂。

一杯在手,在缕缕茶香中,你会暂时把生活的烦恼,日子的艰窘,工作中的不愉快,事业上的阻难,家庭里的纠葛,妻子儿女丈夫情人之间的矛盾,上级的白眼,小人的不可得罪等等头疼事,放在一边,这就只有一盏清茶能起到的功效了。我记得一九四九年的冬天,在京西蓝靛厂,记不得是火器营,还是镶黄旗,一位旗人老太太给我端过来的茶,那漂浮在杯子里一朵茉莉,真像在沙漠中跋涉的旅行家,得到一片歇脚的绿洲,几乎等于上帝向我展开了笑脸。

学会冲淡,这是茶给我的启迪,虽然觉悟得太晚了一点,如果按古人所言,"朝闻道,夕死可也"的话,悟得晚比不悟,终归要好一些。

一般来说,琴弦绷得太紧,就有断的危险,陡冷陡热,杯子就会爆裂,一个人,神经要是总处于紧张的竞争状态之中:你多,我没有你多,想方设法要比你多;你名,我没有你名,不择手段要比你名,总是没完没了地折腾,没准会生出毛病。我认识的好几位同行,就这样把自己折腾没了。

所以,要学会饮中国茶,要懂得饮茶的宽容放松之道。君不见茶馆里何其熙熙攘攘，又何其气氛融洽？高谈阔论与充耳不闻并存；驴吸鲸饮与徐徐品味同在；伟大的空洞，渺小的充实，各有各的活法各有各的精神满足；昨天为爷今日为孙，此刻为狗他时成龙。完全可以相行不悖，互不干扰。在茶馆里，没有什么一定要领袖群伦的人物，让大家慑服于龙威之下，你在你的桌上哪怕称王称霸，全球第一，宇宙第二，我在我桌上也可以不理你，谈不上谁买谁的账，大家平等。也只有这样的氛围，心能静得下来，气能平得下去，这就只有茶能起到的调和作用，稀释作用，淡化作用，消融作用。

如果是酒的话，火上加油，双方肯定剑拔弩张不可。因此，以茶代酒，永远不会胡说八道。以茗佐餐，必然会是斯文客气。这世界上只有喝茶人最潇洒，最从容，不斗气，不好胜，我们听说过喝啤酒的冠军，喝白酒的英雄，但饮茶者才不屑去创造这些纪录呢！有一份与他人无干，只有自己领受的快乐，就足矣足矣了。

咖啡太强劲，可可太甜腻，饮料中防腐剂太多，汽水类含有化学物质，唯独茶，来自本国土地的饮品，有着非舶来货所能相比的得天独厚之处。清心明目，醒脑提神，多饮无害，常饮有益，尤其茶的那一种冲淡清逸，平和凝重，味纯色雅，沁人心脾的品格，多多少少含有一点做人的道理在内。

多一点恬静，少一点狂躁；多一点宽余，少一点紧张；多一点平和，少一点乖戾；多一点善自珍摄，少一点干扰他人。也许，这就是多余的茶话了。

茶话

◎周瘦鹃

茶，是我国的特产，吃茶也就成了我国人民特有的习惯。无论是都市，是城镇，以至乡村，几乎到处都有大大小小的茶馆，每天自朝至暮，几乎到处都有茶客，或者是聊闲天，或者是谈正事，或者搞些下象棋、玩纸牌等轻便的文娱活动，形成了一个公开的群众俱乐部。

茶有茗、荈、槚几个别名。据《尔雅》说，早采者为茶，晚取者为茗，荈和槚是苦茶。吃茶的风气始于晋代。晋人杜育就写过一篇《荈赋》，对于茶大加赞美；到了唐代，那就盛行吃茶了。

茶树的干像瓜芦，叶子像栀子，花朵像野蔷薇，有清香，高一二尺。江苏、浙江、福建、安徽各省，都是茶的产地，如碧螺春、龙井、武夷、六安、祁门等各种著名的绿茶、红茶，都是我们所熟知的。茶树都种于山野间，可是喜阴喜燥，怕阳光怕水，倘不施粪肥，味儿更香。绿茶色淡而香清，红茶色香味都很浓郁，而味带涩性。绿茶有明前、雨前之分，是照着采茶的时期而定名的，采于清明节以前的叫做明前，采于谷雨节以前的叫做雨前，以雨前较为名贵。茶叶可用花窨，如茉莉、珠兰、玫瑰、木樨、白兰、玳玳都可以窨茶；不过花香一浓，就会冲淡茶香，所以窨花的茶叶，不必太好，上品的茶叶，是不需要借重那些花的。

吃茶有什么好处,谁也不能肯定。茶可以解渴,这是开宗明义第一章。有的人说它可以开胃润气,并且助消化,尤以红茶为有效。可是卫生家却并不赞同,以为茶有刺激神经的作用,不如喝白开水有润肠利便之效。但我们吃惯了茶的人,总觉得白开水淡而无味,还是要去吃茶,情愿让神经刺激一下的。

唐朝的诗人卢仝和陆羽,可说是我国提倡吃茶的有名人物,昔人甚至尊之为茶圣。卢仝曾有一首长歌,谢人寄新茶,其下半首云:

> ……柴门反关无俗客,纱帽笼头自煎吃。碧云引风吹不断,白花浮光凝碗面。一碗喉吻润;两碗破孤闷;三碗搜枯肠,惟有文字五千卷;四碗发轻汗,平生不平事,尽向毛孔散;五碗肌骨清;六碗通仙灵;七碗吃不得也,唯觉两腋习习清风生。

夸张吃茶的好处,写得十分有趣;因此,"卢仝七碗"也就成了后人传诵的佳话。陆羽字鸿渐,有文学,嗜茶成癖,著《茶经》三篇,源源本本地说出茶之原、之法、之具,真是一个吃茶的专家。宋朝的诗人如苏东坡、黄山谷、陆放翁等,也都是爱茶的;他们的诗集中,就有不少歌颂吃茶的作品。

制茶的方法,红、绿茶略有不同,据说要制红茶时,可将采下的嫩叶铺满在竹席上,放在阳光中曝晒。晒了一会,便搅拌一会,等到叶子晒得渐渐萎缩时,就纳入布袋揉搓一下,再倒出来曝晒,将水分蒸散。然后装在木箱里,一层层堆叠起来,重重压紧,用布来遮在上面。等到它变成了红褐色透出香气来时，再从箱里倒出来晒干，放在炉火上烘焙。经过了这几重手续，叶子已完全干燥，而红茶也就告成了。制绿茶时，先将采下的嫩叶放在蒸笼里蒸一下，或铁锅上炒一下。到它带了黏性而透出香气来时，就倒出来，铺散在竹席上，用扇子把它用力地扇。扇冷之后，立即上炉烘焙，一面烘，一面揉搓，叶子就逐渐干燥起来。最后再移到火力较弱的烘炉上，且烘且搓，直到完全干燥为止，于是绿茶也就告成了。

过去我一直爱吃绿茶，而近一年来，却偏爱红茶，觉得醇厚够味，在绿茶之上；有时红茶断档，那么吃吃洞庭山的名产绿茶碧螺春，也未为不可。

在明代时，苏州虎丘一带也产茶，颇有名，曾见之诗人篇章。王世贞句云："虎丘晚出谷雨后，百草斗品皆为轻。"徐渭句云："虎丘春茗妙烘蒸，七碗何愁不上升。"他们对于虎丘茶的评价，都是很高的；可是从清代以至于今，就不听得虎丘产茶了。幸而洞庭山出产了碧螺春，总算可为苏州张目。碧螺春的特点，是叶子都蜷曲，用沸水一泡，还有白色的细茸毛浮起来。初泡时茶味未出，到第二次泡后呷上一口，就觉得"清风自向舌端生"了。

从前一般风雅之士，对于吃茶称为品茗。原来他们泡了茶，并不是一口一口地呷，而是像喝贵州茅台酒、山西汾酒一样，一点一滴地在嘴唇上"品"的。在抗日战争以前，我曾在上海被邀参加过一个品茗之会。主人是个品茗的专家，备有他特制的"水仙""野蔷薇"等茶叶，并且有黄山的云雾茶。所用的水，据说是无锡运来的惠泉水，盛在一个瓦铛里，用松毛、松果来生了火，缓缓地煎。那天请了五位客，连他自己一共六人。一只小圆桌上，放着六只像酒盅般大的小茶杯和一把小茶壶,是白地青花瓷质的。他先用沸水将杯和壶泡了一下,然后在壶中满满地放了茶叶,据说就是"水仙"。瓦铛水沸之后,就斟在茶壶里,随即在六只小茶杯里各斟一些些,如此轮流地斟了几遍,才斟满了一杯,于是品茗开始了。我照着主人的方式,啜一些在嘴唇上品,啧啧有声。客人们赞不绝口,都说:"好香! 好香!"我也只得附和着乱赞,其实觉得和我们平日所吃的龙井、雨前是差不多的。听说日本人吃茶特别讲究,也是这种方式,他们称为"茶道"。吃茶而有道,也足见其重视的一斑。我以为这样的吃茶,已脱离了一般劳动人民的现实生活,实在是不足为训的。

崤阪石茶

◎郑彦英

　　我在郑州有几个茶友,不管哪一位得到好茶,都会约大家去品。开始几回,有点华山论剑的味道,先弄暗了灯光,让环境神秘起来,再将沏好的茶用紫砂杯盛了端上去,大家就看不清茶的颜色,然后让大家品,品一口就要说出茶名和产地。好在大家都是茶中将军,茶杯到手,先眯了眼睛,不急不慢地吸闻从茶杯口飘出的香气,这一吸一闻,就辨个差不多了,然后睁开眼睛,看着杯子斜了,看着茶水斜到了杯子边缘,虽然看不清茶的颜色,却辨清了茶水的浓淡清湛,对应刚才吸闻后的结论,心里的感觉就八九不离十了。然后凑过嘴去,小小呷一口,在口中三回六转,缓缓入喉。待口中只剩下茶香的时候,屏气片刻,做最后一次辨认。在我的记忆中,这最后一道程序,几乎都是对前面结论的肯定,但也有人是在最后一道程序中否定了前面的结论,这就说明前面的程序中,他有哪一道疏忽了。好在这许多年来,我们几位在品茶中还没有报错过茶名。但这种神秘的、类似于大考的品茶过程大家很喜欢,不但保留着,而且发展着。到了去年下半年,就发展到了品一口茶,大家不但能说出茶名和产地,甚至能说出茶叶的采摘时间、炮制过程和储存方法。

　　十几年过去了,这几位朋友不但事业有成,喝茶的名气也

茶

像墨汁滴在生宣纸上一样,渐渐地渲染开来,在茶界有了一定影响,弄得好几家讲究茶文化的茶馆,以请到我们几个茶将军喝茶为荣。茶老板甚至会连吹好几天,某某某哪一日在我这里喝了一下午的茶!自然有不信的,茶老板就会拿出照片:没有茶将军的功夫,能喝到这个成色?

其中一张我的照片有一天到了我的手里,我看了半天说不出话来,我不得不佩服摄影者高超的抓拍功夫,因为照片上的我,活脱脱一个酒鬼正在吸呷杯中的残酒。于是我自嘲地在照片背后写了两个字:茶鬼。

今年春节前,我得到一粒非常珍贵的茶。按说茶是不能论粒的,应该论片,但是我这粒茶的大小、形状和颜色,都活脱脱一粒稻谷。这样的奇茶是决不能自己独享的,于是我挑了一个阳光很好的下午,将大家约到那家把我拍成茶鬼的茶馆。

朋友们依然是以往喝茶的装束:博览群茶、出版过《九州茶考》的茶将军穿着西装。用他的话说,凡品好茶,若会情人,需着盛装,以示对对方的尊重。另一位茶将军是我们几位中口才最好的,他依然穿着他那身棕色中式盘扣衫裤,甚至连鞋也是圆口布鞋,他认为品茶是中国文化中不可缺少的一部分,所以里里外外都应该是传统装束,从而使衣与茶形成呼应。第三位茶将军头梳得很光,戴着擦得很亮的金丝眼镜。他每每品好茶,必然在家中浴屋焚上檀香,待香气充满浴屋时,他才进去沐浴,仔细沐浴过后,又让香将身体熏透了,才穿上衣服。他说他品好茶不是从茶屋开始的,而是从浴屋开始的。

我让茶老板打开西边最大屋子的窗户,拉开窗帘,将窗户打开,让阳光浩浩荡荡地从窗口泻到屋里的茶桌上,然后我从提包里拿出一只小小的茶叶盒,打开盒盖,却看不见茶,只见一团金色丝绢,我将金色丝绢小心地抽出来,放到铺满阳光的桌面上,一层层展开,当最后一层丝绢揭开后,在阳光里流淌着金色的丝绢上,出现了那粒茶,那粒无任何光彩、安静地卧在丝绢上的茶。

"这是茶?"穿西装的茶将军问我。

浑身散发着檀香气的茶将军推了推金丝眼镜:"你没有搞错吧?"

"当然是茶。"我说,"不但是茶,而且是茶中极品。"我看看大家,"我知道大家连见都没见过,所以也不用搞得那么神秘兮兮地让大家猜。"遂招呼已经看得两眼发呆的茶老板,"准备一硬一软两壶滚水,拿一只干净的带盖茶碗来。还有,将桌子上的紫砂茶具撤走,换上玻璃茶杯。"

"老中老中!"茶老板欢欣出去。

屋里的侍茶小姐立即更换茶具,一水的透明的玻璃杯摆到了我们面前。

茶老板很快来了,身后跟着一个侍者队伍,两个小伙子各提着一壶咕嘟嘟冒着白汽的开水,一溜村姑打扮的小姐手里端着各种茶具。远远的地方,还站着一个头发蓬乱的高个子中年男人,手里提着一只照相机。这个阵势又一次让我体会到了茶老板的精明和敬业。

"您,请。"按说茶老板应该通晓各种茶叶的冲沏煮泡方法,但面对这一粒稻谷状茶粒,他却无从下手,咧开大嘴,切切地看着我,声音里透透地泅着诚恳。

"各位,谁动手?"我明明知道,越是懂茶的人,越不敢轻易侍茶,只有知道了面前茶叶的身世品格,才敢上水,因为茶不同,水的温度,水的软硬度,盛茶的器皿,冲沏煮泡的方法都不相同。而面前的茶粒，他们一无所知，自然不会轻举妄动。

当然得到的是一片指责声，说我有意卖关子。

这种指责听着很舒服。我就在指责声中从一个小姐手里接过了洗得干干净净的青瓷带盖茶碗，将白色丝绢捧起来，小心地将那粒珍贵的茶粒倒入茶碗。虽然所有的目光都集中到了那粒茶上，阳光中的那粒茶却没有折射出任何灿烂的光芒，甚至没有一般上等茶的清丽，木木地卧在青瓷茶碗里，似乎吸光，似乎吃气。

这就表现出该茶的第一个品质：不惊不艳，若朴玉浑金。

按茶理，水的温度、硬度应该和茶的品格一致，起码和直观品格一致。而这茶直观朴实，性情应该温和，自然应用软水、温水缓沏，而且水的温度，最好在65℃。

但我却从第二个小伙子手里接过咝咝冒着热气的水壶，遂问："哪儿的硬水？"

茶老板立即回答："伏牛山蜂窝泉。"又低了声音，"本来应该储一些南岭的泉水呢，今年忙，没顾上。"

"还行。"我说。就我所知，在河南省内，最硬的泉水就是伏牛山蜂窝泉的水了。用这水熬出的稀粥，外乡人喝一碗，不再吃东西，一天都不会有饥饿感。

提水的小伙子惊奇地问我："你也不问，咋就知道我提的是硬水？"

我笑笑："茶将军和酒博士一样，第一学问是认泉识水。凡称得上茶将军的，从蒸气上一眼就能辨出水的软硬。"说着将依然冒着白汽的水壶斜了，一股白水从壶口轰然泻向青瓷茶碗，将那粒茶冲动了却没有冲起来，一汪水就将那茶埋了。这时候屋内鸦雀无声，所有的目光都集中在茶碗里，但我不能等到大家看清楚,就立即盖住茶碗,说:"茶理所需,即冲即盖。"

其实这是一句多余的话,所有的茶将军都知道这一点,为求一盏好茶,不惜得到许多遗憾。

在冲茶的过程中我听到了几声金属的摩擦声,我知道是那位头发蓬乱的中年男人摁动了快门。很好,这样名贵的茶,难求难遇,就应该全景记录。

我数着自己的心跳,数到九下,就端起茶碗,摁着碗盖,让茶水从碗盖与碗壁之间流淌出来,泻向五只玻璃茶杯。

在明亮的阳光下,五只玻璃茶杯里的茶水呈现出橙黄的颜色,满屋里顿时飘荡起大雨初霁时山野里游蕴的青青气息。

"好了,"我说,"先品茶壳。"

五只手伸向茶杯,小心地端着,鼻子向前凑,深深地吸尽杯中的茶香,然后才伸过嘴唇,细细吮呷。

我当然也不能错过这个时机,凡饮好茶,必先饮其气。

杯中的茶水须小呷四口才尽,但我只能小呷一口,因为青瓷茶碗中的茶不能等了,须软水沏泡。

"苦,从没尝过如此美妙的苦。"穿中式盘扣衫裤的茶将军眯着眼赞叹。

"苦中有雪味……"戴金丝眼镜、身上带有庄重的檀香味儿的茶将军说。

著过《九州茶考》的茶将军接住他的话。"不是一般的苦雪味儿,是凛冽的苦,凛冽的雪。"

说得对,感觉更对。我在心里说,因为我来不及说话了,我要精心用软水沏第二道茶。

我从最前面的小伙子手里接过依然冒着热气的软水壶,

猛然揭开茶碗的青瓷盖,就见那一粒茶的黄壳儿已经裂开,仅仅是裂开,一丝丝湿润的橙黄,依然包裹着茶心,但却可以看见茶心的颜色了,绿——依然不惊不艳的水绿。

这是绝对珍贵的瞬间景观,可惜几个茶将军不能欣赏,因为他们的注意力,全在品茶上。

好茶的冲沏时间非常讲究,若不立即泡上软水,那一丝丝橙黄的壳,就不会在第二道软水中开绽,在第三道软水中蜕开。所以我不能等朋友们观察这瞬间的、冲沏过程中的、稍纵即逝的美景。好在有那个头发蓬乱的中年男人摄影,我已经听见了快门的几声开合。就在这清脆的声音中,我将软水倒在了茶碗里。

软水更没有将茶粒冲起,还是将茶粒埋了。

其实几个纯净水公司的纯净水就是比较好的软水,但是我从沏泡时水流飘散出来的气息和入碗时水漩的波纹中发现,这不是纯净水,而是雪水。再准确一些,应该是在十二月那场雪下了三小时后,从黄河南岸阳坡中采集的新雪。因为这时候天空中已经没有任何杂质,北来的风也吹不到背风的阳坡,所以这天然的纯净水赛过任何软水。不错,这个茶老板今天真是重视我的茶了,否则他绝对不会将最好的硬水和软水都拿出来侍候我的茶。我不禁斜了茶老板一眼,立即盖上茶碗盖儿。

他们应该正在品第四口。

我不能再错过时机了!立即端起茶杯,品第二口。

其实呷了第一口后,那独特而美妙的清苦就留在我的口中,我在冲泡着第二道水的时候,那独特而美妙的清苦在我口中渐渐变淡。我知道这是不应该的,我应该在变淡前就呷第二口。

　　但大家都不懂这茶，无从下手，只有我来沏茶，我又不能误了沏茶时机。

　　虽然如此，我还是不能急躁，品茶的基本要求是心静！所以我用嘴唇贴住茶杯边缘，轻吸微吮，呷下了第二口，然后眯起眼睛体会。

　　对呀，他们说得对，他们没有沏茶的事缠心，他们的体会更准确：凛冽、凛冽的苦雪味儿。

　　茶屋里依然鸦雀无声。

　　等我呷了第四口，杯中已无一滴茶的时候，我依然眯着眼睛，我感到浑身浸透了那凛冽的苦雪味儿，我感觉到自己站在雪地里。似乎有风吹来，风是凉风，却不让人感到冷，反而感到凉爽，站在雪地里感受到酷暑时节才会有的清风，绝非人间能有。

　　我将眯着的眼睛闭住了，我知道口中的茶味儿还要变化，要由清苦变成清香，仔细地体会这个变换过程，是生命中一大快事，不能让任何其他事情分神。

　　另外几个茶将军茶道都是很深的，他们肯定已经体会到了这奇妙的变换，他们已经品完了杯中茶，却没有一个人吭气，他们等着我。

　　当我感觉到四周的白雪已经渐渐融化，清风也渐渐停息，浑身融进暖暖的花香中时，我才睁开了眼睛。

　　几位茶将军和那位对茶文化研究得很深的茶老板似乎看着我，似乎又没看，我想他们也被同样的感觉笼罩着。

　　"这茶……"戴金丝眼镜的茶将军赞叹，"让人飘飘欲仙！"

　　"这茶……什么名字？"茶老板看来是忍不住了。

茶

我却绕开话题："该喝第二道了。"

五只玻璃杯子一瞬间摆在了一起,我将茶碗在五只杯子上斜了,让茶水潺潺流下。

"咦,呀!"穿中式盘扣衫裤的茶将军惊呼,"变成嫩绿色了。"

"是的。"我边倒边说,"第二道是嫩绿色,茶味儿中的苦更加浓烈,大家不用急着品,更美的奇观在茶碗里。"

话音落时茶已倒完,茶杯上悠荡出缕缕嫩绿色的热气,一时间将从西窗透射进来的阳光都洇成嫩绿色了。

我就在这时候揭开茶碗的青瓷盖儿,就见一团更加稠密的嫩绿色从碗中升腾起来,泼墨一般地进入阳光,让人感觉到整个屋子一下子蕴满了嫩绿色,我们似乎变成了飘浮在嫩绿色泉水中的鱼。

茶碗中的绿色气体全部飘飞出去后,茶粒出现在明亮的阳光里,刚才裂开成丝状的茶壳这会儿分开成黄色的瓣儿,一牙儿一牙儿黄色的瓣儿朝外闪开,酷似一片一片新绽的莲花瓣儿,而在黄色的花瓣状的壳儿里面,是一团汪绿的茶圪垯,若黄色莲花中绿色的蕊。

"叹为观止!"茶老板叫了一声,抬起手刚要招呼蓬乱头发的中年男人,那人已经摁下了快门。

"该品第二道茶了。"我招呼大家,"再不品,苦中最绝的那一味就淡了。"遂将水壶交给小伙子,"下面你来沏。"

这茶来之不易,我也不能错过品尝的机会。

因为我喝过一回,所以这一口我特别重视。

茶是温的,我是缓缓吮进口的,首先让舌头接触茶水,那特殊的苦碰了舌头就让舌尖下意识地闪开了,但那苦还是通过舌头惊心动魄地传遍全身,身上的肌肉禁不住颤抖了一下。这种惊心动魄、这种颤抖是很难体验得到的,所以我立即将舌头平放了,让它充分地接受、体会。当第一口茶全部吮进嘴里的时候,我甚至不忍咽下去,让它在嘴里回旋,让这种惊心动魄的感觉从肌肉一直渗透到骨头里,直到咽喉产生了强烈的吞咽反应,我才不得不让它入胃。

其实入胃后的感觉也是难得的,虽然胃里没有入口时的那种惊心动魄,但胃中的舒服是难以用语言表达的。反应很快有了,身上的一个个毛孔在蠕动。第二口,蠕动在加剧,第三口,蠕动强烈了,等第四口下胃时,这种蠕动让我全身上下产生了两次异常舒坦的战栗。

第三道茶我让小伙子倒,我要安静地欣赏那墨绿色的茶水从茶碗里流淌下来的景致。

"奇!奇!"著过《九州茶考》的茶将军咂了一下嘴说,"三道茶三种颜色,黄、嫩绿、墨绿。奇!揭开谜底吧,到底叫什么茶?"

我一笑,还是绕开话题:"品吧。又是一种感觉。"

小伙子这时候将茶碗盖儿揭开了,惊叫一声:"张开了!"

确实,那黄色的莲花瓣状的壳儿已经展展地铺开在碗底,而那团绿色的蕊,舒展开来,现出三片大小不一的叶尖,准确地说,应该是一片半,因为那最小的一片,仅仅是一尖绒绒的芽。

"就这几片叶芽,"茶老板感叹,"能有恁多苦,不可思议!"

"先别谈感想,"我说,"品完这第三道,再说不迟。"

第三道茶一入口,就让我深切地体会到绵软的美丽感觉,虽还是苦的,但绵绵的苦不同于凛冽的苦,更不同于惊心动魄的苦,苦得温柔,苦得舒服,细细品来,甚至能体会到甘甜。人们常说苦尽甘来,说的是人生体味,但也确有不少植物具有这种先苦后甜的味道,而苦甘同体,一并让我同时尝到的,独有这种茶。

我闭了眼睛,享受着这种绵软的苦甘,就感到浑身上下的汗毛孔里,有细细的汗缓缓地渗出。

体会着出汗的过程是异常美妙的。

当最后一口茶下肚后,我感觉到汗已经出透了,这种透用酣畅淋漓形容,毫不为过。紧接着,通体上下,突然产生了难得的轻松感,我甚至产生了强烈的奔腾跳跃的欲望。

"第四道茶……"小伙子问,"可以倒吗?"

"不用了。"我说,"茶品到这里,已经圆满了。但后面还可以喝两道,对我们品了前三道的人来说,已属残茶。但你们拿去喝,依然是茶中上品。"

几位茶将军和茶老板几乎都神游在茶的境界里,在西边窗户透射进来的阳光中,他们虽然神态各异,但都沉迷着,额头上都渗出了细细的汗。我的话音一落,他们才不同程度地从茶的天国回到了人间,或眯或闭的眼睛前前后后地都睁开了。

"醉了!"穿中式盘扣衫裤的茶将军大声说,"真真正正地醉了,我这一生,只醉过两次茶,这是第二次,也是醉得最沉的一次。"

"还是最最舒服的一次。"茶老板说,"平日醉茶后,上下不适,这茶却让人醉得浑身通泰。"他深深吸了一口气,"我还能喝到这样好的茶吗?"

"很难了。"我说。

"我有三点不解。"戴金丝眼镜的茶将军说,"茶水茶水,茶和水难解难分,茶质和水质应该是相辅相成,并且前后一致的,为什么你用的水,先硬后软?"

"问得好。"我微笑着说,"其他茶有壳吗? 没有! 而这种茶有壳,而且这个壳异常坚硬,不用滚烫的硬水,不但泡不出壳的奇味,更不能将它破开,大家刚才没有看到,摄影师拍下来了,第一道茶过后,茶壳已经裂成丝状了。"

"那……为什么第二道用软水?"

"这就应了你刚才说的,茶水茶水,茶和水相辅相成,茶壳既然如此坚硬,茶心必然软嫩,若用硬水,一次就拔掉了所有味道,不但不能让人渐入佳境,而且使许多味道相冲相抵,就会使我们缺了许多享受。"

"水的温度应该是一致的。"口才很好,着中式盘扣衫裤,身上散发着檀香味儿的茶将军说,"第二道和第三道的水,前后的时间差已经使温度不同了,我们几位喝茶,这丝毫的温度变化是绝对不能马虎的。"

"老兄真是细致入微。"我赞许说,"这个时间差和温度差恰恰是我需要的。也是这种茶独特的茶理需要的。如果第三道茶温度不弱于第二道,我们还能品到那绒毛拂脸一般的绵软吗?"

"对,对对!"戴金丝眼镜的茶将军说,"我想了半天形容不出来,那种绵软真像绒毛拂脸。"

"嘿嘿。"茶老板笑着瞅着我的眼睛,"这下应该告诉我们是什么茶了吧?"

我抚了一下头发。

著过《九州茶考》的茶将军看着我:"先别说,让我猜猜。"

我又抚了一下头发。

"这茶应是北方茶。对不?"

"对。"

"那层茶壳是耐寒的,也是保护茶心的。"

"对。"

"这是自然茶,未经炮制,也不能炮制。"

"也对。"

"这茶原先只作药用,新近才入茶市。"

"不愧是《九州茶考》作者,完全对。"

"那么引申开来,今天我们喝的是新鲜茶,也就是说在冬天采摘的,但我想,这种茶一可保鲜处理,依然保持刚才的茶质;二可深化处理,当然不能用一般茶叶的炮制方法,改用阴干、风干和焙干三种方法炮制,可能会得到更加新奇的效果。"

"但这是不可能的。"我说,"这种茶一年也只能采几粒,根本用不着那么费心地做深化处理。"

"这就怪了。"戴金丝眼镜的茶将军皱起眉,"大红袍和君山毛尖珍奇,因为只有那片特定环境和特定园林,但不管咋说还是成林成片的,还没有听说过只产几粒的茶呢!"

穿中式盘扣衫裤的茶将军感叹:"中华茶文化,博大精深呀!"

"嘿嘿,到底是哪儿的茶?"茶老板切切地看着我,"还要保密吗?"

"既然叫诸位方家来品,那就不可能保密,我也不想保密。但要说这个茶,先要从产地说起。"

"啥地方?"

"崤阪。"

"崤阪？这个地名听都没听说过。"

"那么你知道秦晋崤之战吗?"

"当然知道! 中国古代的著名战役。"

"这个战役就发生在崤阪。强大的、后来灭了六国而统一天下的秦军就是在崤阪被远远弱于它的晋军打败了,打败的重要原因就是崤阪的险峻。那时候往返于洛阳和长安之间,必须经过崤山群峰中蜿蜒于山谷的一条通道,而这条通道中最为险恶的一段,就是崤阪。崤阪两边山峰,高耸入云,谷底坡道,狭窄弯曲。秦军本已通过崤阪东去,长途奔袭郑国,因故半途而归,再西行重过崤阪,已是疲惫之师。晋军埋伏已久,以逸待劳,迅速封锁峡谷两头,突然发起猛攻。晋襄公身着丧服督战。秦军身陷隘道,进退不能,山上乱石滚木下来,已经使秦军死伤过半,更使秦军惊恐万状,阵脚大乱,晋军将士趁此冲杀下去,个个奋勇杀敌,以致秦军全部被歼。"

"这个在中学课本上都有。"茶老板说,"打仗和茶有什么关系?"

"打仗是和茶没有关系,但是这个战役就发生在这种茶的产地,而且这种茶也就因为山之险峻才有,也因为山的险峻才稀、奇、少,更因为山的险峻才难以采摘,只有极少数人,准确地说,也就一二人才能采摘得了。"

"这么说,你也是偶然得到。"

"也算偶然,也算必然。"

"怎讲?"

"我在三门峡就职七年,喝茶的名声还是有一些的,在前年冬天的一个下午,一位朋友专门约我去喝了这个茶。"

见他们听得很认真,我就接着讲下去。

"朋友在路上告诉我,这茶五千块钱一杯。我一听头皮一炸,立即叫停车。但车是朋友自己开的,他不但没停反而笑了,说是他请客,我不必惊慌。我虽然松了一口气,但立即说全世界也没有这么贵的茶,绝不能上当受骗!朋友又笑了,说你喝了再说,付钱的人不觉得上当,你还会觉得上当吗?

"我没话说了,只好硬着头皮去,总觉着是个骗局。因为我做人有个原则,不能欠别人的人情,更不能欠这么大的人情!

"那一天特别冷,路两边的树上,挂满了雾凇,景色十分壮观。但因为心里有事,我也无心欣赏。车过雁翎关时,又迎来一团一团游动的雾,但道路旁边路标上'雁翎关'三个字我还是注意到了,心里咯噔一响:如果古书记载没错,穿过雁翎关,就应该是崤底、崤阪,秦晋崤之战,就应该发生在这里。那时候这里车不并辕,马不并鞍,一夫当关,万夫莫开。如果人死后真有魂魄的话,那么当年战死在这里的秦国将士的魂灵,应该就随着这些雾团在飘动。想到这些我心就突突地跳,完全忘记了茶的真假,两眼朝车窗外面看去,出了一团雾心里就松一下,进了一团雾心里又紧张起来。

"好在公路修得很好,路面平坦,而且宽阔。朋友告诉我,这是1999年修通的三门峡至洛宁高速公路,要不是这条公路,这个天,就别想看到这么好的景色,更别想喝到这么好的茶!

"他一个'茶'字又让我想到一杯茶五千块钱的昂贵价格。但还没待我吭气,他一打方向盘,汽车下了高速公路,驶进一条狭窄的山谷,驶上坑坑洼洼的土路。土路两边,山谷底部,是密密麻麻的挂满雾凇的灌木丛,东一棵西一棵的杂木树散落于灌木丛中,而且一团团的浓雾似乎被灌木丛挡住了、挂住了，不游不走，让人心慌。但还没待我说话，朋友一刹车，叫我下车。

"要不是前面有一个小伙子的招呼声，我真不敢相信，这里会有人家。

"朋友显然不是第一次来的，拉着我的手，几步就进了一眼石窑，石窑里亮着电灯，还开着电视。石窑里竟然很宽大，有睡觉的地方，有喝茶吃饭的地方，还有做饭的地方。做饭的地方自然放在窑门口，便于散烟。那里正用瓦罐煮着一罐水。"

许是我说得太啰唆了，穿中式盘扣衫裤的茶将军在西边窗户里透射进来的明丽的阳光中朝我摆摆手："说了半天还没说到茶呢。"

出版过《九州茶考》的茶将军立即截住了他的话："奇茶必有奇人奇事奇遇，相辅相成，相得益彰，让老郑仔细讲。"

其实不用他说，我也会仔细讲出这一段故事的，不吐不快，是我这时候的真实心理。

"我问朋友：'不是喝茶吗，茶呢？'

"朋友笑了，说：'你以为这茶想喝就能喝？需要临时采。'

"我问在哪里采。小伙子笑了，说只有他父亲知道，他父亲这时候正在山上采茶呢。只让他把回溪阪的水煮上，还让他取了窑门口草丛里流下的水备用。

"朋友接着告诉我，在崤阪这个地方，回溪阪的水是最硬的，这茶，必须用最硬的水冲开。然后再用草丛里的水沏泡，茶味儿——朋友把手挥在空中半天，猛然劈下，世上一绝。我要不是在这儿受了伤，也不可能喝到这茶，就更轮不到你了。

"朋友一说，我才知道，他去年开始在崤阪乡代职当副乡长，崤阪乡两百多平方公里，只有两百多户人家，平均一家一平方公里土地。所以要给这个地方通电,难度几乎比得上登天。朋友是负责回溪阪这一块地方三通的,他就是在指挥架电线杆的时候从山崖上摔下来的。摔下来后他就失去了知觉。醒来的时候他就躺在这眼石窑的那张床上,那位小伙子的父亲,正给他一勺一勺地喂咱们刚才喝的苦茶。

"我的朋友怎么也没有想到,没有去医院,没有任何其他药物相辅,他就喝了这个茶,头脑竟然很快清爽,身上的伤也不痛不痒,第二天竟然就能下床走路。

"虽然朋友喝茶的功夫没有我深,但毕竟是通茶的,就向小伙子的父亲问茶的来路,希望以后能喝到这样的茶。但小伙子的父亲笑而不答。还是小伙子告诉我的朋友,这茶不到急用,是不能采的,而且采摘地点只有他父亲知道,全乡没有第二个人知道。

"朋友对我说,后来他才知道,小伙子的父亲是刀客的后代,崤阪这块地方,地无三尺平,几乎不能种庄稼,出山又极其不便,所以人烟稀少,适应刀客生存。因为这里山路虽然险峻,却是南崤唯一通道,总有来往人马,刀客劫一人可吃半年。小伙子的父亲十三四岁时,即练就了一身好功夫,十五岁时,小伙子的爷爷把采茶的绝活教给他后,就再也没有回来。第二年,就解放了。小伙子的父亲一身刀客本事,却无处用了,就改行采药。所有珍贵的药材都在悬崖绝壁上,这就使刀客攀爬跳跃的本事派上了用场。珍贵的药材价格自然也贵,所以刀客的日子平平稳稳地过了下去。

"我们在石窑中说话,根本没有听见任何声响,小伙子的父亲却出现在了我们面前,咳了一声,吓了我一大跳。

"我根本想不到这就是小伙子的父亲,新中国成立那一年,他十五岁,到前年,应该是近七十岁的人了,但从他的身上和脸上,怎么看也就五十多岁,一身精瘦,眼光犀利,行动利索,声音清亮,吐字清晰。他看着我,看得我心里哆嗦了一下。他笑了,说我是那种典型的有钱人,凡是有钱人都害怕他的眼风。

"我的朋友也笑了,介绍说我就是他说的茶将军,专门来品茶的。老者就解开缠在腰里的腰带,从中取出一只类似丹参滴丸瓶子的小瓷瓶,看着在火上冒气的瓦罐,唤儿子冲茶。

"不急,我的朋友却先让他看看我,看我的钱在哪儿装着。

"这让我很高兴,刀客嘛,就应该显一显刀客的本事。

"老者笑了,说我身上没有带钱。我一听就急了,我是专来喝茶的,不可能不带钱。而且,平日我的身上最少也要带一千块钱,以备急用。说着我就在身上摸,却怎么也摸不见钱包。

"老者又笑了,说:'本来想在你走的时候交给你,跟你要一下,乡长先把底给露了。'说着从刚才绽开的腰带里,拿出了我的钱包。

"我顿时惊呆了,他只在我跟前解了一下腰带,怎么就会拿走我的钱包呢?我不得不叹服老者的刀客本领。

"后来我们就喝茶。说真的,那天我的感受比今天好得多,可能因为是本地茶本地水相生相克的缘故。喝完后我抑制不住心中的激动,大声说了一句,五千块,值!

"'就要你这一句话呢!'我的朋友说。他说他动员老者几次,想让老者多采一些苦茶,就在这里,用这里的水冲着卖。老者一直不答应。他不知其中原委,后来还是老者的儿子告诉他,这茶长在绝壁的石缝中,秋天里,这种特殊的树种飘到石缝里,遇着雨,就在石缝里扎下根了。到了冬天,才长出这样一粒,实际上这粒茶如果不采,到春天,就发出芽,一年一年过去,就长成树。所以我们喝的,不是几片茶叶,是一棵树。一棵树所有的精气神,都集中在那粒茶中。而且他们家的祖训就是不遇伤不采;而且对采摘地保密,只传儿子,不传闺女,就是害怕把这苦茶采绝了。因为刀客免不了受伤,一般的外伤,将这茶研开一涂,不治自好。一般的内伤,将这茶喝下去,很快除病。南崤的人几乎都知道他家有这个绝药,但一般不来求。传说当年武则天来往于都城长安和东都洛阳的时候,最爱停留的地方就是崤阪,所以在崤阪北原上建了兰昌宫,每过崤阪,必然要在这儿停歇几天。这位雄心勃勃的女王酷爱看古战场以壮雄心,她甚至在崤阪的石头坡道上走过几趟。但是武则天在兰昌宫时也没有喝到这种苦茶。有一次武则天急火攻心,眼红面赤,雁翎关守备急派守军四处寻找刀客的祖先,但就是找不到。不是他找不到,而是老刀客躲了起来,这茶一旦成了皇室用品,几天就采绝了,还能保留到现在?崤阪的人每每说起这个话题,都会感叹说:武则天都喝不上,咱就更不要去想了。从这一点上讲,我的朋友是幸运的,他若不是为崤阪老百姓通电受的伤,也不可能喝到这茶。

"既然如此珍贵,我的代职当副乡长的朋友就想着在保持这种茶的神秘性的同时,让这种茶出名,并因这茶让这个乡出名。动员老者一年只卖两粒,一粒五千块。一是给老者增加一些收入——两粒茶顶得上山民一年的收入。二是越少越珍贵,越珍贵名气越大,这茶和这乡的名气就大了,因此为这个乡,更重要的是给老刀客,带来巨大的、连续的效益。但他不知道五千一杯的价格能不能卖出去,所以就请我来喝。既然我说了值，他高兴极了，立即请我给这茶取个名字。

"我想了想，就取名为崤阪石茶。"

"崤阪石茶！好极了！"著有《九州茶考》的茶将军真诚地感叹，而且轻轻地拍起了巴掌，一下子引得屋里的人都拍起了手。

"奇茶奇闻！"口才很好、穿中式盘扣衫裤的茶将军连连点头，遂提高声音，"我建议，此事不要张扬，每年冬天，我们几人同去，带一万块钱，把这两粒茶喝了。"

我笑笑："不可能了！"

"为何？"穿中式盘扣衫裤的茶将军紧瞅着我。

茶将军们也都不同程度地露出了焦急的神情。

我摆摆手让他们安静下来，然后告诉他们，后来我和老刀客成了好朋友，一来一往中，我知道了刀客们许多鲜为人知的故事，特别是刀客的死亡方式，让我感慨万千。刀客们出山前必须练就一种吞三口气就能自断经脉的死亡方法，而且必须在老刀客面前真正成功死亡，再由老刀客解救过来。因为刀客不免失手，万一失手被抓，免不了被人百般折磨而死，与其如此，不如自己了断。还有，刀客没有坟墓，因为他们害怕他们劫过的人来挖他们的坟，给子孙带来不利，所以他们在觉得体力不支时，都是自己在悬崖上找一个风水好的石洞或石缝，将外面用石头封好了，然后自己吞气而死。

"你怎么老说死呢？"茶老板着急了，"老刀客可千万不能死啊！"

我深深吸了一口气："恰恰相反，老刀客死了。"

"死了？"屋里一片惊叹。

"我是去年调回郑州的，之后再也没和老刀客联系过，昨天我的那位代职当副乡长的朋友来了，给我带来了这粒茶，说这是老刀客的儿子前天交给他的,并说这是老刀客离开家以前专门交代叫儿子给我的,交代后就把采茶的地方告诉了他的儿子,但告诫儿子:这茶只能治病,绝对不能当茶卖。因为这是救命的东西,卖啥都行,不能卖命!"

说到这里我说不下去了,屋里也鸦雀无声。我的眼前浮现出崤阪的峭壁,峭壁上有许多大大小小神秘的洞穴,老刀客在哪一个洞穴中长眠呢?

峭壁的纹理隐隐约约的,很像一个字,难道是"茶"字吗?

茶……

我要了一杯清水,用右手中指蘸着水在茶桌上写下一个草字头,嘴里念着:"草。"然后又在下面写了一个木字,遂念:"木。"

茶老板摸了一下头:"草木……"

我说:"是草木。但草木相叠,并不成字。"说着在草木旁边写了一个人字,"草在上,木在下,人在旁边,还不是字。草在上,木在下,人在中间,就是茶字。人得草木营养滋润,草木得人品味养护,是茶的根本。但人对草木的索取必须是有限的,稍有过度,少了草木,茶字就少了天地,无天无地,不但茶字不成,人也……"

"人也活不成。"茶老板忍不住接了我的话。

穿棕色中式盘扣衫裤的茶将军连连点头:"充满禅机。"

穿西装的茶将军深深地吸了一口气,叹道:"从认茶、识茶、知茶的角度上讲,我们几个充其量也就是个茶将军,而老刀客,才真真正正是茶元帅!"

茶道

◎高洪波

我不吸烟,这并不是说我这人有毅力,能拒腐蚀而永不沾。我不吸烟是因为父亲太爱吸烟,太爱吸烟的父亲向烟神奉献了他的右肺,使我有了逆反心理,从此才不碰烟。

假如父亲不吸烟,没准今天我也会成为一个合格的烟民。

可是我爱喝酒,爱饮茶。

人没有一点嗜好恐怕太没趣味,烟酒不分家,我给生生拆开了。为了不让酒这家伙孤单,只好喝茶。

喝茶也是慢慢学的。先是为了解渴,为了让解渴的水里有那么点颜色,甭管红茶绿茶花茶烤茶,拿来就喝。后来发觉茶能提神,饮茶过后聊天吹牛侃大山均有超水平的发挥,便在解渴之外多了点心思。喝着喝着,竟上了瘾,嘴也越来越刁了。

在云南时,我喝的是烤茶。野营拉练住在农民家里,火塘边煨上一个粗陶罐,大把的粗茶采自山间,扔进罐里去熬。人们自管去天南海北闲扯。不一会儿,茶溢了,香味也漫出,主人挨排斟上半碗金黄的茶汤,你就喝起来了。云南乡间的烤茶苦涩苦涩的,几口过后却有甘甜浸出舌尖齿缝,再加上温煦的火塘、香喷喷的葵花子与主人质朴的笑脸,让你感到茶味分外奇妙、古朴。

云南的西双版纳产各种名茶,可名不见经传的一种"糯米香"最让我入迷。这种茶的配制很独特,需要一种散发出炒糯米香气的树叶来渗入。喝不惯的人,非说这茶中有一股怪味儿,像脚丫子的专利;喝顺了口的,则爱不释杯。我属于后一种茶客。

离开云南,可没离开滇茶。普洱茶、下关沱茶、滇红滇绿、澜沧炒青,时不时在我的茶杯里轮流值班。让我别忘记那方土地那些友人,以及曾给予我清清爽爽的精气神的茶叶们。

可咱们中国太大,茶的品种太多,光喝滇茶也不够意思。渐渐地,我喝起安徽的黄山茶、六安瓜片;江苏的阳羡绿茶;福建的乌龙茶尤其喝得多、喝得勤。

就在我写下这篇关于茶的文字时,杯子里的乌龙茶们或浮或沉,飘散出一股股沁人心脾的清香。它们条索粗大,豪放中又有几分细腻,开水沏下去,香气凝成一团云烟,袅袅升起来,凑过鼻子一吸,能让你醉了,嗅过茶香,接着是啜饮茶汁,茶汁色泽金红,入口回甜,其味绵长,如果再配以工夫茶的精美茶具,你简直不似神仙、胜似神仙。

我还有幸喝过一种"碗子茶",那是前几年走访青海高原,在西宁一家清真饭馆里吃过手把羊肉之后的享受。

碗子茶的茶具类四川盖碗茶,一碟一碗加一盖儿,形成和睦的一套。茶博士先端来一盘瓜子,继而往茶碗里添入茶叶、冰糖、桂圆,冰糖莹白如雪,茶叶深绿似春树,几粒桂圆胖墩墩的,算是泅水的樱桃。一壶滚水浇上去,碗里竟发出嗞嗞的声响,冰糖便眼见着小下去、小下去。你用碗盖略一拨弄,让茶叶们闪开身子,桂圆们腾出地方,给急不可耐的嘴唇和舌尖留点余地,一口茶进嘴,香且甜不说,分明还有几缕南国风的气息。这当然要归功于桂圆的作用，西宁人真聪明，能想到茶与冰糖与桂圆的同饮。

回北京后我试着喝过几次"碗子茶"，效果一般。不知是北京的水质欠佳还是茶叶不对头？但更大的可能是没吃手把羊肉，缺了啜饮"碗子茶"的重要前提。

于是我放弃了这种尝试，继续着那既简便易行而又过瘾解馋的大众饮茶法，一壶开水一杯茶。

今年我挺走茶运，居然喝进了京城一处新盖起的"老舍茶馆"。清明节后，几位朋友慕名前往，在前门楼美国肯德基家乡鸡餐厅的左侧，在那美国小老头妒忌的目光里，我们踏进了老舍茶馆。

茶馆里古色古香，正中有一座小舞台，面对茶客们的是这么两句话："振兴古国茶文化，扶植民族艺术花。"镌成对联模样，又被人写入梅花大扇面的背景，跟啜饮茶汁的人们无言地交流着什么。

刚坐定，一位穿着红色旗袍的姑娘娉娉婷婷走来，斟茶，摆筷，又送上几碟小吃物，然后自然是聊天。小舞台上突然站上一位汉子，伶牙俐齿，原来是助兴节目的报幕员。他说道：今天是阴历的三月三，老话说是会神仙的日子，我们一批演员，借小舞台向朋友们展现一下民族艺术的珍品……

于是，我们相继看到了古彩戏法，听到了相声、京韵大鼓、北京琴书、三弦、河南坠子、京剧清唱，上台表演节目的有魏喜奎、关学增等名家，可谓异彩纷呈，争奇斗艳。关学增的北京琴书早已久违了，在演唱之前，老人家竟说出一段感慨万端的话来："这是我退休后的第一次演出。离开舞台后，有很多人打听我，说怎么老没听到关学增说书了？这人是不是没了？

所以我感谢老舍茶馆给我提供了表演的机会,我要让观众们看看,证明我这人还健在。"他的话风趣幽默,他的段子更有吸引力,是《改春秋》和《逗闷子》。关学增说得字正腔圆、韵味十足,令茶馆里腾起一阵阵快意的笑声。

敢情这老舍茶馆成了退休老艺人的人生新舞台!

正品茶听小曲的当口,北京"大碗茶"公司的总经理尹盛喜来叙谈,这位全国劳模、"五一"劳动奖章得主,同时也是"老舍茶馆"的创建人,是条敢创业的好汉,从二分钱一碗的大碗茶起家,不到十年光景,挣出了偌大一份家当。尹盛喜除了理财经商还善丹青,又能唱花脸,多才多艺。见面时他却悻悻地,手里捻着一份报纸,细打听,原来该报刚发了一篇杂文,指责老舍茶馆"豪华排场富丽气派","不叫茶馆,改叫宫殿最合适",根本原因在于"忘了北京老百姓,他们手里那俩钱,还达不到高消费"云云。

尹盛喜愤然地说:"这位秀才叫站着说话不腰疼。我们办茶馆的目的是弘扬中国文化,不但外国人喜欢,昨天全场是农民,照样喜欢。"他随手掏出一张名片,"台湾来了位范增平先生,看了咱们这茶馆高兴得落泪,非请我到台湾帮他再办一座不可。"我接过名片,上面有这位范增平的大名与头衔,最前面的是"中国茶文化学会理事长、中华茶艺杂志社发行人",看来茶在海峡两岸成为畅通无阻的"红派司",而且任你人地两疏,一踏进茶馆,居然能一拍即合,共鸣共振共品共乐。茶,茶馆,真是奇妙的东西。

告别"大碗茶"总经理,琢磨他的激愤,他的不快。猛然记起读《宋稗类钞》一书时关于王安石品茶的逸事。王安石为大学士时,曾造访当时品茶高手蔡君谟。"君谟闻公至,喜甚,自择绝品茶,亲涤器烹点以饮公。公于夹袋中取消风散一撮投茶瓯中,并食之,君谟失色。公徐曰:'大好茶味。'君谟大笑,且叹公之真率。"王安石此举,很有些可疑,我觉得将"消风散"放入茶瓯里一起喝,有恶作剧的意思,或者为"真率"之名而不惜捏鼻子喝药,亦未可知。

王安石毕竟是智商极高的古之名人,达官显宦,他的味蕾如没毛病的话,茶总是能品出高下优劣来的。

由王安石的矫情想到尹盛喜的"老舍茶馆"被攻讦,禁不住为这种联想感到好笑。不管别人怎么说三道四,北京能有一家地道的茶馆,哪怕是"茶馆历史上拔得头份儿"的排场,终归又有了茶馆不是!

有了茶馆,茶文化和茶道便能跟着发扬光大,至于您偏好凉白开,也不是什么坏事,凉白开还败火呢。只要您别拿"消风散"往茶里掺和就行,像那位王荆公一样。

茶说到这儿,也该打住了。不过我的题目为"茶道",请别误会,这不是日本的"茶道",而是"说三道四"的"茶道"。茶,本来是品的、喝的,一旦"道"了,反觉无趣。

要紧的是一壶开水,滚开的不好,"蟹眼"状最佳,沏入宜兴紫砂壶中,闷一会儿,浅斟,轻啜,那滋味,你自己去品呗好了。

茶事

◎林金荣

一

新年里一个不那么冷的夜晚,蒋艳来。她没有急着让我看她设计的封面,第一句话就问:"有茶壶吗?"她用偷偷做坏事的欣喜神情说:"一万多块钱一斤的茶,我们先尝为快。"

我同时拿出宜兴紫砂壶和潮州工夫茶的茶具,请她选。她选了潮州工夫茶。这是一套精致的茶具,红砂的座盘,细白瓷的一个盖碗,四个小茶盅,三人用最合宜。蒋艳掏出那贵重的茶来,只是一个小纸袋,不足二两。是一个做茶生意的朋友送给王庚飞的,让她代转。"我怎么能不偷着尝一尝呢?一万多块钱!"

"一喝上好茶,普通的茶就难以下咽了。"我随意接着话茬儿,手上已开始操作:烫一遍茶具,放上茶叶——一万多块钱的乌龙茶,也不敢放足——开水洗一遍,然后才一碗三盅,一遍遍喝起来。

自然是好茶,闻着清香,喝着和润,那和润的感觉是一般的茶没有的。

"要听点什么才好,"目木说,"京剧?"

"评弹吧。"我说。我知道蒋艳不熟悉评弹,但她会喜欢。

"听丽调?"

"祁调吧,靡靡之音,好听极了。"丽调是我素常喜欢的,可喝好茶的时候,丽调显得情感强烈了一些,不如祁调的柔婉妩媚合乎心境。

果然蒋艳由衷地喜欢。

原本一个普通的冬夜,因为意外而来的好茶美妙起来。

二

这套工夫茶茶具是潮州女孩捷华送我的。

1996 年夏天,我去西藏旅游。在到达那曲的第二天,我正躺在地区招待所的床上揉按我那快要胀裂的脑袋,一个头发乌黑、眼睛乌黑的圆脸女孩背着行囊推门进来,那就是捷华。她和我一样走青藏线进来,不同的是,我来之前,马丽华已为我安排好了一切,我知道将有人接我、陪我,而这个女孩,她完全是独自一人。她原本计划从格尔木直达拉萨,因为乘坐的大巴路上出故障,估计到达拉萨是深夜,她临时决定在那曲下车。以她一贯的经验,政府招待所比较便宜,便找到了这里。我一下就喜欢上了这个勇敢的女孩,她才二十多岁,二十三四岁吧,已经一个人走了很多地方,四川,敦煌,新疆,一个人揣着打工挣的钱,到处走来走去。接下来的几天里,我们俩做伴,原来受马丽华委托照顾我的男孩子,乐得摆脱我。每年夏季,源源不断的内地旅行者的叨扰,已经让这些长年在西藏工作的汉人不胜其烦。

在拉萨,捷华按照一本台湾版旅游书的指引,独自住进亚旅馆。亚旅馆是那种可以男女混住的廉价旅馆,我看到捷华被店老板领进一个有黄头发外国男青年的大房间时吓了一跳,捷华也不能接受,要了单间。单间贵多了,捷华倒也没有心疼的样子。我住马丽华家里。马丽华那时简直是全西藏最忙的人,我刚住下来,她就飞成都又飞新疆去了。我便和捷华一起看了布达拉宫、大昭寺、罗布林卡和哲蚌寺。我问她这些年走来走去,看了那么多地方,有什么感受? 她说:"都差不多。"我奇怪:"都差不多? 那还有这么大的热情到处走,为了什么?"她说:"不知道。隔一段时间就要跑出来,没去过的地方就想去看看。"

我们分手时我留给她一张名片,说如果有一天你到了北京,就与我联系。她没留电话,我也没要,我想多半我不会去潮州或者汕头找她。

是哪一年的一个普通日子,忽然接到一张寄自苏州的贺卡,我以为是目木的什么朋友,打开一看,竟是捷华。她说她这些年仍像只兔子一样跑来跑去,在大理住了两个月,在洱海看到了有生以来最美的中秋月,所谓"上关花"、"苍山雪"、"洱海月"都欣赏到了,只没有领略春天的"下关风",就给了她再去一次的理由。现在在苏州吃点心,不知为什么想起我,就寄了这么一张卡,问候一下。我莫名地感动了,捧着那张卡看了很长时间。我想,这个自由勇敢的女孩,就像我的一个不能实现的梦。不光是青年时代,即使现在,我也常常梦想自己能这样随意地四处野玩。只是梦而已。我是一个有很多梦想却不努力、也不着急去实现的人,没有实现的梦想,深深浅浅地放在心里,偶然泛起,我就发一阵呆,那种时候,有点像神游幻境。

2000年夏末的一天,捷华终于站在了我面前。

"哈,你跑来跑去,终于跑到北京了!"在西藏时她曾说,北京是她最不着急去的地方,当然也是肯定要去的地方。

"北京不错,"她说,"我要住一段时间。"喜欢一个地方,就住一段时间,边打工挣钱,边四处闲逛。她在丽江住了三个月,在苏州住了半年,苏州与丽江她更喜欢丽江,但丽江没有合适的工,苏州挣钱容易一些。

她送我的见面礼,就是这套工夫茶茶具。还有一包乌龙茶,一大包。

我惊奇地看着她摆弄茶具,烫杯,洗茶,滚烫的开水倒进细薄的瓷盖碗里,她不怕烫的手起起落落,将橙红颜色的茶水均匀地倒入三只盈盈一握的小茶盅里。"请!"她伸手示意我和目木。这是喝工夫茶的礼节,掌杯的人尽主人之仪,请客人先用。

那已是下午三点多钟。我的习惯,过了中午就不喝茶了,否则夜里失眠。可我的天性——从不拒绝美好事物的降临。此时此刻,一个远道而来的姑娘,向我展示着另一种生活方式里的精致细节。那茶的苦涩十分尖锐,连临睡前都要泡杯新茶喝的目木也不能消受。

"潮汕人天天这么喝茶,比这还要浓。"捷华说。

我想起我的老家泰安,我的那些老亲戚,他们每天起床以后的第一件事,不是刷牙洗脸吃饭,而是喝茶。那浅黄釉还画着几道墨兰的瓷茶壶,带把的小茶杯。我的姥姥,端坐在八仙桌左手的硬木高背椅上,静静地,慢慢地,喝着浓酽的茶。清贫人家,喝的是普通花茶,我童年的记忆里,他们常常喝茶叶末泡的茶。要是哪个大人身体不大舒服,姥姥就说:"喝杯酽茶就好了。"

我一说到我老家的人一辈子只喝花茶,目木就很怜悯地摇头,说起花茶的来历:南方的茶商往北方运茶,长途之中,娇嫩的绿茶发生了霉变,茶商唯利是图,就在霉变的绿茶里放上茉莉花,冲去霉味,没想到北方人反以为香,才有了花茶。目木是苏州人,心里把喝绿茶——碧螺春啊,龙井啊,看作最有品位。全中国有几个地方像苏州人那么有福气?

在捷华看来,工夫茶是最好的。

捷华在北京住下了,住在东郊农家小院里。我不知道她打的什么工,我问过,她也说过,可我总是不清楚,那是我太陌生的领域吧。

我们不常联系。冷不丁地她会突然打来电话:"有时间吗? 我要过来喝茶。"

喝下午茶。她说送我这套茶具是有一个私心的,为了在北京能在想喝家乡茶时可以喝上。有时很长时间没有消息,再来喝茶时,她说她去大连住了两个月,她喜欢大连。

"我想找到一个能让我待下来不想再离开的地方,可是,总也找不到。也许,总会找到的。"她有点落寞地说。

"那地方要有什么样的条件才能留住你呢? 风光? 气候? 还是一份好工作?"

"风景不重要,哪里都差不多。气候也不重要。要说工作,在广东最好做。"

我笑了:"你是在找爱情吧? 你在找一场奇遇。"

"爱情……"她不那么顺畅地说,"我想能有几个人,坐在一起,不需要说很多话就能互相知道……能有一个也行,不一定是爱情……"

她的神情，像说出一个不愿示人的秘密那样难堪。我不忍心再看她。我有点心酸。这个年轻的姑娘，她东奔西走，像个女侠，像个传奇人物，可是她的愿望竟是这么简单。能说这是个简单的愿望吗？一种比爱情还要热烈的感情，埋藏在她的心底，我不知道她这一生能不能找到一个安放它的地方。

又很久很久没有她的消息了，我不知道她又去了哪里。

三

不上班的日子，早饭以后，目木烧好开水，我就开始摆上工夫茶。烫杯，洗茶，滚烫的开水倒进细薄的瓷盖碗里，第一泡，第二泡……听着言菊朋，打开一本书，看到一个句子："苦笋与茗异常佳，乃可径来。"

这是唐代怀素的《苦笋帖》。我第一次看到，自己解释着它，不觉开心地笑起来。我对目木说："怀素给他的好朋友写信，说他有好茶，快来喝。真是雅事。"

目木说："不是这个意思，怀素是跟人要茶。"

"这是我的一个梦想。"我说，"等我们有了大房子，我要辟出一间茶室，当我有好茶时，我就给好朋友打电话，告诉他们，我这里有好茶，快来喝。"

你知道我是个有许多梦想却并不努力、也不着急去实现的人。可是心怀许多梦想，是一件多好的事啊，有一天，天上掉下一个馅饼，那正是最美的一个梦，比如：爱情。

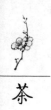

关于茶

◎简媜

下午的茶

仍旧眷恋独处,在市中心的九楼,常常把百叶窗拉密,用与世隔绝的手势,回到自己,裸足下田,在稿纸上。

我翻阅《茶经》,想象陆羽的面貌,到底什么样的感动让他写下中国第一本有系统地介绍茶艺的书?因为喜欢喝茶?还是在品酌之中体会茶汁缓缓沿喉而下,与血肉之躯融合之后的那股甘醇?饮茶需要布局,但饮后的回甘,却又破格,多么像人生。同一个杯、同一种茶、同一式泡法,饮在不同的喉里,冷暖浓淡自知,完全是心证的功夫。有人喝茶是在喝一套精致而考究的手艺;有人握杯闻香,交递清浊之气;有人见杯即干,不事进德修业专爱消化排泄;有人随兴,水是好水、壶是好壶、茶是好茶。大化浪浪,半睡半醒,茶之一字,诸子百家都可以注解。

我终究不似陆羽的喝法。我化成众生的喉咙,喝茶。

也不如李白、东坡才情,焚香小坐,静气品茗,给茶取个响亮的名字:"仙人掌茶"、"月兔茶",满座皆叹服好茶好名姓。谁晓得二位高士安什么心?仙人掌嘴、月兔杵臼,我倒觉得嬉笑怒骂！

所以，既然"下午"喝茶，且把手艺拆穿、杯壶错乱，道可道非常道，至少不是我的道。我只要一刹那的喉韵，无道一身轻。

喜欢读茶名，甚于赏壶。茶树管他长成什么样其实都是枝枝叶叶，本来无名无姓。人替它取了名，是拟人化了。不管名字背后代表它的出身、制造过程，抑或冲泡时的香味，总是人的自作多情。反正，人就是霸道，喜欢用建构社会解释生命的一套逻辑转嫁在茶身上，必要时还要改良品种。所以，茶也有尊卑高低了。我既然写茶，自然无法避免使用现有的茶名，这是基础语言。但我纯粹想象，用旧躯壳装新灵魂。

几乎天天喝茶，通常一杯从早到晚只添水不换茶叶，所以浓冽是早晨，清香已到了中午，淡如白水合该熄灯就寝。喝茶顺道看杯中茶，蜷缩是婴儿，收放自如到了豆蔻年华，肥硕即是阳寿将尽。一撮叶，每天看到一生。看久了，说心花怒放也可以，说不动声色亦可。

平日逛街，看到茶店总会溜进去，平白叫几个生张熟李的茶名也很过瘾。很少不买的，买回来首先独品。乌龙茶好比高人，喝一口即能指点迷津。花茶非常精灵，可惜少了点韵味。冰的柠檬红茶有点志不同道不合，可夏日炎炎，它是个好人。白毫乌龙耐品，像温厚而睿智的老者。加味茶里，薄荷最是天真可爱，月桂有点城府，玫瑰妖娆，英国皇家红茶，恕我直言，镀金皇冠。

还是爱喝中国的茶，情感特别体贴。铁观音外刚内柔，佛手喝来春暖花开。柚茶苦口婆心，至于陈年普洱，好比走进王谢堂内，蜘网恢恢疏而不漏。龙须茶，真像圣旨驾到，五脏六腑统统下跪。

喝茶也会"茶醉"。在朋友的茶庄,说是上好乌龙,到了第七泡,喉鼻畅通,满腔清香,竟会醺醺然,走路好像误入仙人花苑。可见"七碗歌"绝非子虚乌有。

既然茶不挑嘴,嘴不挑茶,有些滋味就写入文章。不见得真有其人其事,只不过从茶味中得着一点灵犀,与我内心版图上的人物一一印合,我在替舌尖的滋味找人的面目,而已。

这样的写法,也可以说看不出跟茶有什么瓜葛!话说回来,这是我的喝法,有何不可呢?况且,真正让我感兴趣的,不是茶的制造或茶艺,是茶味。

茶不能缺少壶,犹如弈不能无棋。原先也打算玩壶,一来两手没空,二来玩不起。溜到茶店门口,隔着玻璃监狱给壶探监;要不,上好友家,搬把凳子,打开柜子,把他收购的壶挪到桌上,研究研究。老实说,不亲。他的壶子壶孙,有的是人家养亮了,出个价买的,有的新绳系新壶,壶底的标价未撕恰恰好黏住了"宜兴"。包袱、树干、葵花、小壶……都是名家后裔,可是新手新泥少了点心血味。其实,捏壶的痴法与收壶的痴法相同,据说爱壶人"相"到一把好壶,因故不能耳鬓厮磨,那种心痛好比与爱人诀别,十分悲壮。

我那朋友是属于沿路娶妾的,我是布衣白丁不为情所困,半斤八两。

所以,文章里的茶具都是器而不器。

或许,深谙茶道的高手将视我为大逆不道,合该拖出去斩首示众。刀下留不留人在他,我是这么想:比方下棋吧,会摆谱布局的,尽管将帅相逢、兵卒厮杀;儿童比弈,没这规矩,叠棋子比高低。

怎么画起画来呢？不懂得藏拙。

我的饮水生涯乏善可陈，但是乐在其中。这些年，看到好碗好杯好碟好价钱，霸着柜台就娶了，也不算收藏，八字没一撇，只是寻常布衣，一见钟情而已。买来也不会奉为上宾，破的破、碎的碎，插花、弹烟灰，各适其性。这么一路玩下来，有些轻微的幸福就出现了。

虽是杯什器皿，与我脾性相切，用起来如见故友，缺角漏水，我不嫌它，核价高低那是店面的事，用不着标在生活上。茶水生涯亦如此，好茶、劣茶怎么分呢？喝好茶、喝劣茶怎么说呢？前人茶书中备注了，凡有恶客、大宴、为人事所迫时不宜沏茶，说会糟蹋佳茗清心；这话有道理，所以袋茶是最好的逐客令，一杯水打死客人，言外之意是，茶喝完了你可以请了。

若是薄云小雨天气，窗外竹树翠绿，花含苞、人闲闲，案头小灯晶莹，此时净手沏茶，就算茶屑配了个缺角杯，饮来，也格外耳聪目明。

所谓佳茗，在我看来，即是茶、壶、人一体。

所以，我随心所欲画画，随心所欲饮茶。

茶　则

他立在窗口有一会儿了，冬天的阳光进来小坐，风来了又走。走了又来，风。窗台上挂着的螃蟹兰伸出长爪开着一朵红蟹夹，不剪风的长袖，也不剪阳光的游丝，这样平和的午后不该存有敌意的。风偶尔翻身，半片阳光照在茶几上，电壶一阴一阳，水声喧哗，炉座上的一点红灯便有了热闹的感觉。但壶嘴浮升着烟，经阳光一照，倒像人世的聒絮，看久了，又觉得是即将被遗忘的一切记忆。

　　他想喝茶。午眠醒来,对妻子这么说。"忌茶的,医生吩咐了……"他拂了手,难得有个小兴致,在冬天的午后。妻子听明白,找出早已尘封的茶具,"盖杯还是泡壶呢?"当然按照规矩,就用那把养得釉亮的小壶。"你也喝。"盖杯是清冷了些。以前独自在书房夜读,偏爱盖杯。一个人拥有静默的时刻。案头积卷都是冷的,杯腹的热倒给他不少安慰,像另一个自己。但是,盖杯太清冷了,他想。

　　"在房里喝吗?"不,他对妻子说,在客厅吧! 今天出点太阳,在客厅暖和些,房里的药味太浓了,喝不出茶香。

　　就在刚才,妻子扶着他慢慢地踱到客厅里坐下,茶具都洗了,犹带着水珠,妻子张罗煮水,他独自用干布拭亮那把小壶。凑着稀薄的阳光觑,小壶仿佛醒了。将多年来吮吸的茶油润出,他的脸上浮着安详的微笑,好像茶香刚扑上久经尘封的面目。系着红丝结的那把茶则,经他的手泽抚摸,沁着微汗,古朴的竹身又有抽芽的模样,则面刀雕的几个字,"茶,则也"那字也活了,对他诉说喝茶的一生,其实是在浓淡冷暖中喝自己的规矩而已。他朝则腹吹口气,将浮尘吹还空中。守了一辈子的规矩,冷暖浓淡是自知的,临老了,还求什么呢? 只想与共尝汤药的老妻喝一会儿茶,静默地在冬天的阳光里想一两件喝茶的往事,或是什么往事也想不起了,那就喝眼前的茶,一样用无所怨悔的泡法。

　　妻子就不记得什么时候开始没添过茶叶了,她打开茶罐,倒出茶屑。随即出门,巷口有家茶店的,兴许还在,也许迁移了,去瞧瞧。

　　他倚在窗口目送妻子的背影一直到转弯。她会再回来的,不管有没有茶。电壶的红灯灭了,水已沸腾,阳光悄悄地往下移,那壶现在是全阴了。螃蟹兰的红剪在空中挥动,他手中犹握着那只茶则,像莫名的神也正握着他枯老的瘦体,彼此安详地等待。如果买不到茶,这些茶具还是收起来吧!收的时候也许就想起一两件喝茶的往事了。

如果连往事也记不起了,就叫妻子帮他剪那头苍苍的枯发吧!如果妻子回来的话。

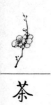

茶

喝茶

◎唐鲁孙

　　自从台湾大力倡导喝茶以来,每年都举行各种品茶会,极品冻顶龙一斤要卖到几万,研究茶艺的茶馆越开越多,茶叶店橱窗里陈列的茶具、陶瓯瓷碗,赢镂雕琢令人目迷,一时风尚甚至于年轻人都喝起工夫茶老人茶来。这里我所谈的只是当年过着悠闲生活的人,平常喝茶的情形而已。

　　北平人有句俗话,"早茶、晚酒、饭后烟,快乐似神仙"。本省朋友见面喜欢说"吃饱没有?"内地朋友清早一见面,喜欢问您"喝了茶没有?"足证北方人对喝茶是如何地重视。茶瘾大的人早上一睁眼,盥漱之后出门遛完弯儿,直奔自己常去的茶馆,等茶沏好闷透,好好地喝上两碗热而且酽的茶,所谓冲开龙沟,才能谈到吃早点呢!北平人喝茶所用茶叶,以香片毛尖为主,天津人讲究喝大方雨前,安徽人专喝祁门瓜片,江浙人离不开龙井水仙碧螺春,西南各省喝惯了普洱沱茶,再喝别的茶总觉得不够醇厚挡口。民俗专家张望溪先生说:"到茶馆只看客人叫什么茶,就能猜出他是哪一省人来,虽非十拿九稳,大概也有个八九不离十。"笔者虽无卢同、陆羽之癖,可是对于茶叶的种类,到口一尝,也能够分得十分清楚。扬州有个富春花局实际以卖点心出名,老板陈步云请我尝尝他的茶,我连喝两碗,也没喝出所以然来;他家的茶以初喝不涩、久泡不淡驰名苏北,敢情他的茶,是十多种不同茶叶兑出来,非清非红,郁郁菲菲,就难怪人猜不出来了。

北平宣外有个天兴居大茶馆,也是西南城遛鸟儿朋友早晨的集散地,他家有一种物美价廉的茶叶叫"高末儿",不是天天去的遛弯儿常客他还不卖的。据说他们东家恒星五跟前门外吴德泰茶叶庄的铺东是磕头把兄弟,有一年吴德泰清仓底,扫出几箩茶叶末,正赶上恒四爷在柜上闲坐聊天,一闻挺香就要了一大包回来,用开水泡了一小壶来喝,醇厚微涩,香留舌本,因为高末儿里有极品的茶叶末在内。吴德泰高级香片卖得多,所以他家的高末儿也特别秘馥,从此每天到天兴居喝早茶的客人们,知道这个秘密,谁都不带茶叶,换喝柜上的高末儿了。

后来早晨遛早儿的朋友,知道这个秘密,到吴德泰买高末儿回家沏着喝,仿佛就没有在天兴居喝的够味,是否心理作祟,还是天兴居另有奥妙,就无从索解了。喝茶固然讲究好茶叶,可是茶沏得不好,可能把好茶叶都糟蹋了。就拿高末儿来说吧,水要滚后落开,开水壶要离茶壶近点注水,不能愣砸,叶子要多闷闷再往外倒,否则末子飘满茶杯,茶香固然随着茶末飞了,呈现热汤子味,续第二次水茶就淡淡如也啦。

北方人喝茶的,日常是先沏一壶多放茶叶让它浓而且酽的茶卤,想喝茶时,茶杯里先倒上三分之一茶卤,然后加热水,则茶香蕴存,永远保持茶的芳馨。有些不会沏茶的人,客人来了,抓一把茶叶往玻璃杯里一放,开水一沏,十之八九茶叶漂在上面,想喝一口,不是喝得满嘴茶叶,就是烫了舌头,再不然浓酽苦涩难以下喉,可是续过一两次开水后,又变成白水窦章啦! 所以在平津到人家里做客,茶一端上来,主人家世如何,从端出的茶中看,就可以看出个八九啦。

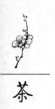

门前的茶馆

◎陆文夫

　　早在四十年代的初期,我住在苏州的山塘街上,对门有一家茶馆。所谓对门也只是相隔两三米,那茶馆店就像是开在我的家里。我每天坐在窗前读书,每日也就看着那爿茶馆店,那里有人生百图,十分有趣。

　　每至曙色萌动,鸡叫头遍的时候,对门茶馆店里就有了人声,那些茶瘾很深的老茶客,到时候就睡不着了,爬起来洗把脸,晕晕乎乎地跑进茶馆店,一杯浓茶下肚,才算是真正醒了过来,开始他一天的生活。

　　第一壶茶是清胃的,洗净隔夜的沉积引起的饥饿感觉,然后吃早点。吃完早点后有些人起身走了,用现在的话说大概是去上班的。大多数的人都不走,继续喝下去,直喝到把胃里的早点都消化掉,算是吃通了。所以苏州人把上茶馆叫作孵茶馆,像老母鸡孵蛋似的坐在那里不动身。

　　小茶馆是个大世界,各种小贩都来兜生意,卖香烟、瓜子、花生的终日不断;卖大饼、油条、麻团的人是来供应早点。然后是各种小吃担都要在茶馆的门口停一歇,有卖油炸臭豆腐干的,卖鸡鸭血粉的,卖糖粥的,卖小馄饨的……间或还有卖唱的,一个姑娘搀着一个戴墨镜的瞎子,走到茶馆的中央,瞎子坐着,姑娘站着,姑娘尖着嗓子唱,瞎子拉着二胡伴奏。许多电影和电视片里至今还有此种镜头，总是表现那姑娘生得如何美丽，那小曲儿唱得如何动听等等之类。其实，我所见到的卖唱姑娘长得都不美，面黄肌瘦，发育不全，歌声也不悦耳，只是唤起人们的恻隐之心，给几个铜板而已。

茶馆店不仅是个卖茶的地方，孵在那里不动身的人也不仅是为了喝茶的。这里是个信息中心、交际场所，从天下大事到个人隐私，老茶客们没有不知道的，尽管那些消息有时是空穴来风，有的是七折八扣。这里还是个交易市场，许多买卖人就在茶馆店里谈生意；这里也是个聚会的场所，许多人都相约几时几刻在茶馆店里碰头。最奇怪的还有一种所谓的吃"讲茶"，把某些民事纠纷拿到茶馆店评理。双方摆开阵势，各自陈述理由，让茶客们评论，最后由一位较有权势的人裁判。此种裁判具有很大的社会约束力，失败者即使再上诉法庭，转败为胜，社会舆论也不承认，说他是买通了衙门。

对门有人吃讲茶时，我都要去听，那俨然是个法庭，双方都请了能说会道的人申述理由，和现在的律师差不多。那位有权势的地方上的头面人物坐在正中的一张茶桌上，像个法官，那些孵茶馆的老茶客就是陪审团。不过，茶馆到底不是法庭，缺少威严，动不动就大骂山门，大打出手，打得茶壶茶杯乱飞，板凳桌子断腿。这时候，茶馆店的老板站在旁边不动声色，反正一切损失都有人赔，败诉的一方承担一切费用，包括那些老茶客们一天的茶钱。

这些年，苏州城里的茶馆店逐步减少，只有在农村里的小集镇上还偶尔可见。五年前我曾经重访过山塘街上的那家茶馆，那里已经没有了茶馆的痕迹，原址上造了三间新房和一个垃圾箱。

城里的茶馆店逐步消失,主要是经济原因。开茶馆店无利可图,除掉园林和旅游点作为一种服务之外,其余的地方没人愿开茶馆店。花上几毛钱要让你在那里孵半天、孵一天,那还不够付房租和水电。不能提高到五块钱吗?谁去?当茶价提高到三毛钱的时候,许多老茶客就已经溜之大吉。只好眼睁睁地看着苏州的一大特色——茶馆的逐渐消失。

那些老茶客都溜到哪里去了呢,是不是都孵在家里品茶呢,不全是,茶馆有茶馆的功能,非家庭所能代替。坐在家里喝茶谁来与你聊天,哪来那么多的消息?那些消息都是报纸上没有的。

老茶客们自己组织自助茶馆了,此种义举常常得到机关、工厂,特别是居民委员会的支持,找一个适当的场所,支起一个煤炉,搞一些台凳,茶客们自带茶具,带有一种俱乐部的性质,不是对外营业,说它是茶馆,却和过去的茶馆不完全相似。这叫"无可奈何花落去,似曾相识燕归来"。

茶事

◎贾平凹

以茶闹出过许多事来:

我的家乡不产茶,人渴了就都喝生水。生水是用泉盛着的,冬天里泉口白腾腾冒热气,夏季里水却凉得碜牙。大人们在麦场上忙活,派我反反复复地用瓦罐去泉里提水,喝毕了,用衩袖子擦着嘴,一起说:"咱这儿水咋这么甜呢!"村口核桃树旁的四合院里住着阿花,她那时小,脖子上总生痱子,在泉的洗衣池中洗脖子,密而长的头发就免不了浸了水面,我想去帮她,却有些不敢,拿树叶叠成小斗舀水喝,一眼一眼看她,王伯家的狗也来泉里喝水,就将我的瓦罐撞碎了。我气得打狗,也对阿花说:"你赔我,你赔我!"阿花说:"我赔你什么,是我撞碎你的罐子吗?"后来阿花大了,我每日都想能见到她,见到了却窘得想赶紧逃走,逃到避人处就又发恨,自己扇自己耳光。阿花的一个亲戚在关中平原,我们称山外人的,他突然来到阿花家,村人都在议论小伙子是来阿花家提媒了。这事对我打击很大,但我不敢去问阿花,伺机要报复那山外的人。山外没有核桃,我们摘了青皮核桃让他吃,他以为任何果子都是肉包核,当下就啃了一口,涩得舌头吐出来。又在他钻进水茅房大便的时候,拿了石头往尿窖子里一丢,尿水从尿槽子里溅上去,弄了他一身的肮脏。他一嘴黄牙,这是我最瞧不上的,他说他们那儿的水盐碱重,味苦,没有山里的水甜,他说这话时样子很老实,让我好生得意。可是第二天,我从泉里提了一大桶凉水往麦场送的时候,他看见了,却说:"你们不喝茶啊?"我说这儿不产茶。他说:"我们山外吃饭就吃蒸馍,渴了要喝茶的。"他的话把我噎住了,晚上思来思去觉得窝火,天明的时候突然想出了一句对付的话:山外的水苦才用茶遮味哩,我们这儿水甜用得着泡茶吗?中午要把这话对他说,但没有寻着他,碰着小三,小三说:"你知道不,山外黄牙走了,早上坐车回去啦!"我兴奋他终于走了,却遗憾没把想了一夜的话当面回顶他。

到了七十年代末,我从家乡到了西安上大学,西安的水不苦,但也不甜,我开始喝开水,仍没有喝茶的历史。暑假里回老家,父亲也从外地的学校回来,傍晚本家的几位伯叔堂兄来聊天,父亲对娘说:"烧些煎水吧。"水烧开了,他却在一只特别大的搪瓷缸里泡起了茶。父亲喝茶,这是我以前并不晓得的,或许他是在学校里喝,但把茶拿回家来喝,这是第一次。伯叔堂兄们都说:"喝茶呀? 这可是公家人的事!"茶叶干燥燥的,闻着有一股花香味,开水一冲就泛了暗红颜色。这便是我喝到的头口茶,感觉并不好,而且伯叔堂兄们也龇牙咧嘴。但是,那天的茶缸续了四次水,毕竟喝茶是一种身份地位的象征。父亲待过几天就往学校去了,剩下的茶娘包起来放在柜里,那一年大旱,自留地里的辣子茄子旱得发蔫,我和弟弟从河里挑水去浇,一下午挑了数十担,累得几乎要趴在地上,一回家弟弟就说:咱慰劳慰劳自己吧。于是取了茶来泡了喝。剩下的茶就这么每天寻理由慰劳着喝了,待上了瘾,茶却没有了。因为所见到的茶叶模样极像干蓖麻叶末或干芝麻叶末,我们就弄了些干蓖麻叶揉碎了用开水泡,麻得舌头都硬了,又试着泡芝麻叶,倒没有怪味道,但毕竟喝过半杯就不想再喝了。

在大学读书了三年,书上关于茶的描述很多,我却再没有喝过茶,真正地接触茶则是参加工作后,那时的办公室里大家各自有个办公桌,办公桌的抽屉是加了锁的,每人的面前有一只烟灰缸和一只茶杯。开水是共同的,热水瓶里没水了,他们就喊:"小贾小贾,瓶里怎么没水了?"我提了瓶就去开水房打水,水打了回来,各自从抽屉里取了茶叶捏那么一点放在杯里,抽屉又锁上了,再是各泡水喝。大家是互不让茶的。有一天办公室里只有我和老赵,老赵喝茶是半缸子茶叶半缸子水,缸子里的茶垢已经厚得像刷了生漆,他冲了一杯,说:"你喝茶不?"我说我没茶。他给我捏了一点,我冲泡了喝起来,他告诉我谁喝的是铁观音茶,谁喝的是茉莉花茶,谁又是八宝茶,开始又嘟囔谁个最没意思,自己舍不得买茶却爱喝茶,总是占他的便宜。我听了心里就发寒:他一定会记着今日给过我茶叶的事的。正是因为有了要还他茶叶的念头,也考虑了别人都喝茶我喝白开水显得寒酸的缘故,在月初发薪时,我咬咬牙从三十九元的工资里取出两元钱买了一筒茶,首先让老赵喝了一次。就是这一筒茶使我从此离不开了茶。好多年间,我已经是很标准的办公室人员的形象了:准时上班,拖地擦桌子,然后泡一缸茶,吸一支烟,翻来覆去地看报纸。先后喝过的是花茶、砖茶、八宝茶,脑子里没有新茶陈茶的概念,只讲究浓茶和淡茶,也知道空腹不要喝茶,喝了心发慌,晚上不要喝浓茶,喝了失眠,隔夜茶不要喝,茶垢不要洗。唯一与办公室别的同志不一样的是喝八宝茶时得取出里面的枸杞,枸杞容易上火,老赵就说:"给我给我。"他把三四粒枸杞丢进口里嚼,说这可是好东西哩!

那年月干部常常要下乡，我从事的是出版社的编辑工作，要了解各县的文艺创作状况，就在苹果仅仅只有核桃般大的时节去一个县上，县委宣传部的一个干事接待了我，正是星期六，他要回家，安排我夜里睡在他办公兼卧室的房间里，临走时给了我去灶上吃饭的饭票，又叮咛：要喝水，去水房开水炉那儿灌，茶叶就在第二个抽屉里。夜里，宣传部的小院里寂静无人，我看了一会书，觉得无聊，出来摘院子里的青苹果吃，酸得牙根疼，就泡了他的茶喝。茶只有半盒，形状小小的，似乎有着白茸毛，我初以为这茶霉了，冲了一杯，杯面上就起一层白气，悠悠散开，一种清香味就钻进了口鼻，待端起杯再看时，杯底的茶叶已经舒展，鲜鲜活活如在枝头。这是我从未见过的茶叶，喝起来是那么地顺口，我一下子就喝完了，再续了水，又再续了水，直喝下三杯，额上泛了细汗，只觉目明神清，口齿间长长久久地留着一种爽味。第二天，一早起来我又泡了一杯，到了中午，又泡了一杯，眼见得茶盒里的茶剩下不多，但我控制不了欲望，天黑时主人还没有返回，我又泡了一杯。茶盒里的茶所剩无几了，我才担心起主人回来后怎么看待我，就决定再不能在这里待下去，将门钥匙交给了门房去街上旅舍睡，第二天一早则搭车去了临县。那个干事到底是星期天的傍晚返回的还是第二天的黎明返回，我至今不知，他返回后发现茶叶几近全无是暗自笑了还是一腔怨恨，我也不知，我只是十几天后回到西安给他去了一信，表示了对他接待的感激，其中有句"你的茶真好"，避免了当面见他的尴尬，兀自坐在案前满脸都是烫烧。

　　贼一样喝过了自觉是平生最好的茶，我不敢面对主人却四处给人排说，听讲的人便说我喝过的那一定是陕青，因为那县距产茶区很近，又因为是县委的人，能得到陕青中的上品，又可能是新茶。于是，我知道了所谓的陕青，就是产于陕西南部的青茶，陕西南部包括汉中、安康、商洛，而产茶最多的是安康。我大学的同学在安康有好几位，并且那里还有我熟悉的几个文学作者，我开始给他们写信，明目张胆地索贿，骂他们为什么每次来西安不给我送些陕青呢，说我现在要做君子呀，宁可三日无肉，不能一晌无茶啊！结果，一包两包的茶叶从安康捎来，虽每次不多，却也不断，但都不是陕青中的上品，没有我在宣传干事那儿喝到的好。再差的陕青毕竟是陕青，喝得多了，档次再降不下来，才醒悟真正的茶是原本色味的，以前喝过的花茶、胡茶皆为花质不好用别的味道来调剂，而似乎很豪华的流行于甘、宁、青一带的八宝茶，实在是那里不产茶，将陈茶变着法儿来喝罢了。从此以后，花茶是不能入口了，宁喝白开水也不再喝八宝茶，每季的衣着十分简陋，每日的饭菜也极粗糙，但茶必须是陕南青茶，在生活水平还普遍低下的年月里，我感觉我已经有点贵族的味道了。

当我成了作家，可以天南海北走遍，喝的茶品种就多了，比如在杭州喝龙井茶，在厦门喝铁观音茶，在成都喝峨嵋茶，在云南喝普洱茶，在合肥喝黄山茶，有的茶价五百元一斤，有的甚至两千元。这些茶叶也真好，多少买了回来，味道却就不一样了，末了还是觉得陕南青茶好。说实在的，陕青的制作很粗，茶的形状不好，包装也简陋，但它的味重，醇厚，合于我的口舌和肠胃，这或许是我推崇的原因吧。

为了能及时喝到陕青，喝到新鲜的陕青，我是常去安康的，而且结交了一批新的安康的朋友，以致有了一位叫谭宗林的专门在那里为我弄茶。谭先生因工作的缘故，有时间往安康各县跑，又常来西安，他总是在谷雨前后就去了茶农家购买

茶

茶叶及时捎来,可以说每年我是西安最早喝到新陕青的人。待谭先生捎了半斤一斤还潮潮的新茶在西安火车站一给我打电话,我便立即通知一帮朋友快来我家,我是素不请人去吃饭的,邀人品茶却是常事,那一日,众朋友又喝得神清气爽,思维敏捷,妙语迭出,似乎都成了君子雅士。谭先生捎过了谷雨茶,一到清明,他就会在茶农家几十斤地采购上等青茶,我将小部分分给周围的人,大部分包装好存放于专门购置的大冰柜里,可以供一年享用了。朋友们都知道我家有好茶叶,隔三岔五就吃喝着来,可以说,我的茶客是非常多的。

我也和谭先生数次参加一些城里的茶社庆典活动,西安城中的大小茶社没有我未去过的,为茶社题写店名,编撰对联,书写条幅,为了茶我愿意这般做,全不顾了斯文和尊严。我和谭先生也跑过安康许多茶厂,人家叫干什么就干什么,平日惜墨如金,任何人来索字都以要出重金购买,却主动要为茶厂留言,结果人家把题写的条幅印在茶袋上、茶盒上满世界销售,明明是侵犯了我的权益,又无故遭到外人说我拿了多少广告费,人是不敢有缺点的,我太嗜茶贪茶,也只有无话可说。

人的一生要结交众多朋友,朋友是走一批来一批的,而最能长久的是以茶为友的人。我不大食肉,十几年前因病戒了酒后,只喜欢吸烟喝茶,过的是有茶清待客,无事乱翻书的日子。每当泡一杯陕青在家,看着茶叶鲜鲜活活得可爱,什么时候都觉得面对了春天,品享着春天。茶叶常常就喝完了,我在门上贴了字条:"送礼不要送别的,可以送茶。"但极少有送茶来的,来的都是些要喝我茶的人。这时候我就想起唐代快马加鞭昼夜不停从南宁往长安送荔枝的故事,可惜我不是那个杨贵妃,也不知谭先生现在哪儿?

茶丐

◎赵恺

　　洪泽湖南岸有座老子山。山不大,名气不小:相传李耳在那里炼过丹。炼丹炉不知去向,山坡上却留下他坐骑的蹄痕"青牛迹"。青牛迹是一只泉眼,泉水冬不枯,夏不盈,盛在碗里,晶莹突起的水面浮得起铜钱。

　　湖山之间逶迤蜿蜒出一条老街——鱼市街。鱼市街名副其实:街旁住着渔民,街心走着渔商。潮落潮涨之间,满街跳鱼虾。铺路的鹅卵石被岁月打磨得光洁滑亮,鳞片般连接在一起,把街道装饰成一条硕大无朋的鱼背。

　　鱼市街一端,青牛迹近处住着一户奇特人家,主人陆雨山,迷茶,还有根有梢地叙说自己是茶圣陆羽的后裔。其实陆雨山吃的是鱼饭,八九条渔船出租,柴米油盐酱醋茶中的六件事都在鱼背上。唯有一个茶,他自己种。于是小小一把茶壶里便浸泡出斑斓浓酽的故事来。

　　与老子山耳鬓厮磨、相濡以沫的一座山叫雨山。老子山和雨山仿佛两位盘腿对弈的老人,全把身边的洪泽湖当作一壶清茶。老子山出水,雨山出茶。二十岁那年陆雨山在雨山买下二亩面南坡地侍弄了一座茶园。虽说佣着一位茶农,但耕、锄、护、养、植、采、烘、焙无不一一亲手料理。家在湖边,一年倒有半年在山上。在茶上迷出了学问,迷出了名气,也迷出一班雅俗各异的朋友。

立夏正值一个茶事既毕、渔事将至的间歇。那年立夏,老子山下联袂走来两个人,两位都是盱眙县城名士:一位画师仇八,一位书家秦之拂。嘘寒问暖,略叙别后,话题自然扑到一个"茶"字上。谈茶动情,陆雨山吩咐独生女儿倩倩洗盏烹水,备茶待客。之后,引着两位茶友去了后院醉茶亭。

之所以取名醉茶亭,是因为湖西有座欧阳修的醉翁亭。一个嗜酒,一个嗜茶;一个为官,一个为民——人生一世各有各的活法,正所谓一棵草顶一颗露珠。猛一听醉茶亭典雅不俗,其实只是茅竹构架,顶上覆着湖岸习见的苇草。好就好在一侧倚山,一侧傍水,山光水色呼之即来、挥之即去,小小茶亭便获得豁达旷远、盈缩有致的容量。石桌、石凳也就地取材,不事斧凿,一只只仿佛从地下长出来的一般。

临湖远眺,自然先有一番范仲淹式的感慨。待到茶具洗净、泉水烹熟,陆雨山言归正传:"二位贵客光临寒舍已是三回。第一回吃散茶,第二回湖州点茶,今儿第三回,又恰逢小女学校放假在家,咱们就仿效潮汕,来一道工夫茶可好?"仇八、秦之拂自然击节称是。说话之间袅袅婷婷走来陆雨山的掌上明珠。画师惊于色彩,书家奇于线条:这哪里是什么洪泽湖畔,莫非是邂逅了戏剧舞台上那采茶扑蝶的仙姑?倩倩进亭却未拿茶具,只慌慌张张地说:"门口来了一个要饭的——"陆雨山淡淡作答:"给些饭肴便是。"倩倩说:"人家不取饭肴。"陆雨山:"那就给银钱。"倩倩说:"也不取银钱。"陆雨山面有愠色:"既不取饭肴,又不取银钱,莫非是一个扬州皮五辣子?"倩倩说:"倒真是一个扬州人,而且说是慕您的名字远道赶来的,只为讨一盅茶吃。"听到这里,宾主三人连呼怪异,于是延请乞者进亭。

这茶丐也就三十出头,蓬头跣足、衣衫褴褛,却不媚不俗、不卑不亢,站定阶前,眯虚着双眼并不说话。陆雨山道:"从平山堂到洪泽湖,竟然只为一盏茶水,此话从何谈起?"茶丐从容作答:"浪迹江湖,只为寻访名茶。近年听说洪泽湖出了'雨山茶',未知可能见赐一壶?"陆雨山说:"恕我直言:以你的穷困潦倒,行乞为生,居然也能论茶?"茶丐不愠不怒:"俗话说'生死由命,富贵在天',纵使一生乞讨,也得讨出点茶味来。"陆雨山听出此人不俗,没准还能有些来历,于是连忙起身把茶丐引进亭中边坐边说:"三缺一,茶意乃天意也。"

说着倩倩一盘托来三只瓷瓮,一瓮白底金花、一瓮白底蓝花,一瓮白底红花。三只瓮里都是今春新茗。茶具为两组合:一把紫砂茶壶,四只白瓷茶盅。紫砂壶的长处自不必说,这把茶壶却造型朴拙、色彩厚重,颇有点骇世惊俗、先声夺人的感觉。一见茶壶,秦之拂先自目眩神迷、心旌动摇起来。他小心托起摩挲把玩,连叹:"好壶,好壶。"白瓷茶盅却是为了雨山茶。雨山茶是绿茶,绿茶不用白瓷,则失去茶中三昧之首的"色",岂不大大煞了风景? 茶盅倒有来历:一位京城儒商"烟花三月下扬州"的时候,随身带来这套北宋景德镇官窑绝活。八旗子弟从故宫捎出来的,被他撞上了。儒商夜泊洪泽湖,陆雨山死活缠住不放,一桌全鱼席,茶盅归他了。

下面,轮到陆雨山父女表演工夫茶。打开白底金花瓮,亭中立刻弥漫开一种幽渺神秘的气息。这种气息其实是一种氛围、一种灵感、一种境界。道可道,非常道;名可名,非常名:中国的茶属于形而上。日常仅仅把茶的气息归纳为一个"香"字,就实在是人类语言的贫乏和表达的局促了。撮起纤纤玉指,倩倩把绿蒙蒙、紫茵茵的雨山茶投进紫砂壶中。茶叶堆至七成,注入将沸未沸之泉水至壶顶,再加盖浸闷:此为第一泡。第一泡并不啜饮,而用来冲洗杯盏。倩倩把四只茶盅一字儿排开,双手把住紫砂茶壶,将这头泡茶依次浇下。那种感觉,仿佛一尊铜铸般的乌云贴着大湖巍然飘过,寥廓湖面报之以叮咚雨声。待到第二泡,叶已舒张,色已濡染,味已勃发,主人才开始行茶。倩倩又将四只茶盅组成一座方阵,紫砂壶则天泉一般在方阵上空翩然掠过,给人以"飞流直下三千尺,疑是银河落九天"的意蕴。盅满七成,壶水恰尽。陆雨山说:"此谓'关公跑城'。"

宾客正要把盏,却被陆雨山伸手拦住。原来,壶中还有些余津,倩倩再金珠玉豆一般把它们点滴均分在四只瓷盅里。陆雨山说:"此谓'韩信点兵'。"

过了城,点过兵,四人这才端起茶来,略略一抿却并不咽下,只让那软玉般的汤汁在舌头上转。只这一转,唇齿喉舌之间旋即回荡出沁人的香。及至咽下,脾胃肺腑便次第温润起来,仿佛大地感受到一场初春之雨。

二泡落肚,三泡待冲,陆雨山谦谦发话:"今日此君如何?"仇八性急抢先作答:"果然好茶!"不料陆雨山正色言道:"此言不确。"随即莞尔一笑,便一字一板娓娓道来:"品茶,品茶,其实首先是品水。水之于茶,犹如骨之于血肉。八分之茶遇十分之水,茶便十分。十分之茶遇八分之水,茶只八分。先祖《茶经》说,山水上,江水中,井水下。他亲品天下名水并依次排位,把我们'桐柏山淮河源头水'列为第九呢。"

仇八两眼圆睁探身向前:"那么究竟哪里是'天下第一泉'呢?"

陆雨山说："天下第一泉之说始于唐代，最先被命名为天下第一泉的，是刘伯刍的'扬子江南泠水'。此泉在镇江金山西侧石弹山下，潮涨泉没，潮落泉出，得到纯粹泉水十分不易。先祖认定的天下第一泉是庐山谷帘水。徐霞客赏识云南宁碧玉泉。《老残游记》则推济南趵突泉。乾隆皇帝独有见地，他爱山川，喜出游，随身总带着一只小银斗，经他检测，济南珍珠泉斗重一两二，扬子江南泠水斗重一两三，惠山、虎跑则各重一两四。遍历天下，唯有京西玉泉山水斗重一两，为水之最轻者。于是，他就把玉泉山称为天下第一泉了。其实大凡名茶产地皆有名泉相伴。就拿我们今日品尝的青牛迹泉水来说吧，它既是山泉，又与淮河源头一脉相承，兼源清、味甘、品活、质轻于一身，再配上雨山茶，真可谓珠联璧合、相得益彰了。说句笑话，如若当年哪一位皇帝遇上咱们青牛迹泉水，也拿出个金斗银斗什么的一称一量，说不准闹个天下第一、第二的也未可知。其实品茶亦如品诗，仁者见仁，智者见智，只可意会，不可言传。不然，陶渊明如何写得出'此中有真意，欲辩已忘言'的句子来呢？"

　　听过这番话再饮第三泡，果然别有一种"春风如醇酒，著物物不知"的况味。

　　在三泡、四泡之间，陆雨山才谈到茶："《茶经》云，茶者，上生烂石，中生砾壤，下生黄土。我之所以选中雨山植茶，就是为的这一山好土。采摘极为讲究，茶被日晒有如人之肌肤被火炙烤，水分损，骨脂耗，茶就失去鲜活灵性。采茶只能用指甲而不可用手指，以免熏于手温而污于汗水。一芽莲蕊，二芽旗枪，三芽雀舌，分采分焙三瓮贮藏。今日诸君杯中物，正是第一瓮中的极品莲蕊茶。"

如是者五泡。五泡,五种色彩,五种层次,五种品位。连缀起来,就是一首完整的五言绝句。

　　五泡过后,陆雨山拿过竹夹,从紫砂壶中取出一片茶叶,轻轻放在一只小盘里。细细端详,仿佛一尾鱼苗,栖息在大湖母亲之梦里。

　　茶过五泡犹如酒过五巡,四人皆有微醺之意。仇八、秦之拂醉于茶艺,陆雨山醉于茶话。茶丐呢?他竟然两颊绯红、憨态可掬地俯伏在石桌上鼾声如雷地睡着了。他趴在那里,人家仇八如何书画?仇八要喊,又被陆雨山止住:"风尘仆仆,乏了。"说完,脱下外衣小心盖在茶丐身上。不盖不打紧,这一盖倒把他给盖醒了。茶丐双臂伸直打了一个哈欠,边打哈欠还边嚷嚷:"醉也,醉也。"直到这时陆雨山才想到三位客人之中唯有茶丐一人始终未置一辞,心中未免作忱,于是忐忑发话:"敢问高士有何见教?"茶丐揉搓双眼半晌才说:"在下潦倒半世醉茶只有三回:一回醉于水,二回醉于茶,今天却是醉于人。极品之水,极品之茶,再加上今世极难遇到的极品之人——我是造化非浅,不虚此行的了。要说欠缺,只欠缺在您的茶壶上。"三人一惊,陆雨山忙说:"赐教幸甚,赐教幸甚。"茶丐接着说了下去:"你这把茶壶独特精细、品位不俗,堪称一件雕塑珍品。作为茶具,只可惜壶寿太浅,底蕴不足,以致味不极浓、功亏一篑,实实亵渎了您的茶与水呀。"说完,他举起陆雨山的紫砂茶壶,哗一声摔了个粉碎。举座骇然,最惊莫过陆雨山:他砰的一声扑倒在地,一块一块抓捡他的紫砂碎片,仿佛抓捡性命。仇八、秦之拂丧魂失魄地站在那里,仿佛两棵遭受雷击的树。茶丐不慌不忙拉起陆雨山,从怀中掏出一把紫里透黑、黑中带紫的旧壶放在石桌中央。陆雨山打开壶盖,一把空壶竟如梦如幻、不绝如缕地散发香气。再问,方知此壶为他家祖传,如今家道中落,冻馁闾巷而不敢片刻离身,这把壶就是他的半条性命。

一听此话陆雨山顿生骇异,他颤巍巍捧起茶壶,摸着、看着、闻着、想着,愣愣地说不出一句话来。秦之拂看在眼里,怜在心里,便冷汗在背地打圆场:"话水,话茶,今天独独没话壶——"一提茶壶,陆雨山悲戚哽咽几不能自持:"有了这把壶,天下再无壶可言。"说完,他面色苍白跌坐凳上,仿佛一座石雕。秦之拂缓缓转身面向茶丐:"自古道,英雄美人,宝马良弓。如今一个有茶无壶,一个有壶无茶,岂不是抱憾双双?"说到这里,陆雨山兀然起立两手抱拳:"请以一千大洋相让如何?"茶丐袒肩露背,叉手浪足:"卖壶? 要说卖,一万大洋也难买无价呀。"一句话说得陆雨山泪水冰珠子一般溅落下来。茶丐一看,扑哧笑了:"看在你爱茶如命、尊人有道的分上,收您一半钱,咱俩共用此壶可好?"陆雨山大喜过望,连忙边抹泪水边命倩倩铺纸研墨,让画家、书家乘兴挥豪以示庆贺。仇八卷起两袖,神采飞扬地作了一幅《赏壶图》,记下刚刚那一幕场景,其构图之简洁、线条之奇崛颇得板桥遗风。秦之拂提笔在手暗自琢磨,茶丐正色建言:"国有国运,茶有茶运,国运茶运,休戚与共。今天把盏论道,书写一首茶诗如何?"秦之拂连连点头,接着以雄劲浑厚、力透纸背的气势写下一首文天祥七绝《扬子江心第一泉》:

> 扬子江心第一泉,南金来此铸文渊。
>
> 男儿斩却楼兰首,闲评茶经拜羽仙。

临别,陆雨山执手恳问姓名生平,茶丐只说:"草芥平民,不言家世。"说完倒先自落下泪来。陆雨山忙问:"莫非哭壶?"茶丐说:"不是哭壶,是哭自己。"三人齐问:"此话怎讲?"茶丐说:"怕只怕今生是再难得此一醉的了。"

　　事情恰为茶丐言中:未出三年,洪泽湖来了日本鬼子。一天,维持会长带着鬼子小队长敲开陆雨山的门,不吃茶,要壶,要那把茶丐留下来的壶。陆雨山不允,鬼子要带走倩倩做人质。倩倩一吓,扑通一声给爹爹跪下了。陆雨山含泪开箱,从底层拿出一只红绸裹扎的小包包。里三层,外三层,中间藏着他的命疙瘩。维持会长夺过茶壶递给鬼子,鬼子小心接过茶壶又是看又是闻,吆西,吆西,走了。门刚闩上,陆雨山一阵眩晕,栽倒了。三天三夜没睁眼,气如游丝,把不到脉。撬开齿缝,一口茶汤一口鱼汁地将养,总算保住一条性命。

　　说也蹊跷,大年三十夜,冥冥苍天正碎琼乱玉般向洪泽湖飘洒雪片的时候,维持会长家着了一把火。外面进不去,里面出不来:门给一把铜锁锁上了。那天,有人在老子山见过茶丐。

　　维持会长家失火的时候,陆雨山正手捧一把空壶和女儿对坐在醉茶亭里拥炉赏雪。倩倩说:"冬雪养茶。"陆雨山则茫然若有所失:"明年还有谁来乞茶呢?"倩倩要为父亲泡茶,陆雨山缄默不语。他手上捧的正是茶丐那把壶,鬼子拿去的是另一把。

红楼茶事

◎邓云乡

　　《红楼梦》中写到茶的地方很多,在这篇短文里试着做一个综合的简单解说。

　　茶在中国人的生活中几乎是家家户户不可少的。所谓"家家开门七件事,柴米油盐酱醋茶"。不列酒而单列茶,可见茶的重要性和普遍性。在特定情况下,茶几乎是水的同义词了。人们日常生活,如何能离得开"水"呢?《红楼梦》是反映其时代现实生活的作品,现实生活是怎样的,作品中也是怎样写的。在生活中,茶比酒更普遍;因而在作品中,写到茶的地方也远比写到酒的地方要多得多。

　　要解说《红楼梦》中的茶,要说的东西很多,这里为了便于说明,引起读者的兴趣,不妨先举一个小例子。第六回书,写刘姥姥第一次到贾府,周瑞家的引她来见凤姐,进了凤姐的卧室,这时描写凤姐的神情道:

　　　　平儿站在炕沿边,捧着小小的一个填漆茶盘,盘内一个小盖钟儿。凤姐也不接茶,也不抬头,只管拨那灰……

　　这是一个极为美丽的红楼画面,有不少画家据此还画出了仕女图。红楼读者对此是十分欣赏和熟悉的。凤姐坐在炕上,这炕是"南窗下的炕",凤姐坐在哪里呢,不会靠窗,而是靠炕沿边这面,可以随手取平儿盘中的茶。这是北方——自然是北京的生活方式,在江南是没有的。填漆茶盘、小盖钟儿等等,侍女捧着,站在一边,这又是京中贵戚之家奶奶、小姐们吃茶的日常生活场景。在一般读者中,虽难具体想象,但是还都可以大概理解。但是如果问一个问题,那"小盖钟儿"中,倒的是什么茶呢? 这恐怕就很难回答了。

茶的名目繁多,凤姐盖钟中的茶是什么品名,作者没有写明,是谁也猜不出的。但如在大类别,即以现在常分的绿茶、红茶、花茶三类分之,那凤姐盖钟中的茶多半不是绿茶,而是红茶或花茶二种之一。为什么这样猜呢? 首先北京社会上不讲究喝绿茶,而专讲究喝花茶,或红花、普洱茶。尤其清代入关以来,更是如此。这有几个原因,使人们长期以来生活习惯如此。一是北方不出产茶,茶都是南方出产的。北京人不懂得讲究绿茶。二是北方冬天寒冷,北京都吃井水,纵然是甜水井,水也很硬。加以饮食油腻,饭后习惯吃花茶、红茶,沏得很酽,可以帮助消化。如吃绿茶,如龙井、旗枪、瓜片、炒青之类,弄不好就要腹泻。尤其在天冷或夏天阴冷的时候,吃完油腻,喝了绿茶,很快就要泻肚,这个我小时有亲身经历的。三是清代旗人家庭,从龙入关,生活习惯主要是从关外带进来的,而且对于祖宗成法习惯,十分保守。曹家纵然在南京生活五六十年,也并不完全是江南生活。况且南京生活,也是汇合了南北的,并不同于苏、杭、湖、绍等地。书中所写,大体是这种生活习惯。

中国讲求茶事,远自唐代陆羽、宋代蔡襄而后,讲求最精的,则是明代嘉靖、万历之后,直到明亡。留下的专著不少,各种笔记中也有记载。但其作者,大多是江浙吴越间人。所讲求的茶,也都是绿茶。影响所及,到了北京宫廷,也能品味南茶。明代万历时太监刘若愚《明宫史》"饮食好尚"中说：

> 茶则六安松萝、天池、绍兴（按应是吴兴）岕茶、径山茶、虎丘茶也。

当时还不讲究"龙井"，"六安"则已著名，而所列多是绿茶。但宫中吃的，不同于一般民间饮用。民间日常生活中饮用的茶，纵然是官宦人家，日常也都购自肆中，而非像宫中太监一样，可以饮用贡品。刘若愚是个文化程度很高的太监，书中所列名茶，也都是当时一些文人论茶专著中所列名品。如陆树声《茶寮记》，屠赤水《考槃余事》，田艺蘅《煮泉小品》，高清《遵生八笺·茶》，李时珍《本草纲目》中茶"释名"、"集解"等，至于笔记中写到茶的，那就更多了。清代从山海关外入主北京，皇上一下子住在北京宫中，太监还都是明朝的，但饮食生活习惯是关外带来的，尚食茶房太监必须投合新主所好服役。爱吃的是助消化的浓茶、酽茶，这同明人江南讲茶事的情趣完全不同。因而清代长期也没有什么讲求茶事的专著出现。清末震钧（满人，汉名唐晏）久住江南，在其所著《天咫偶闻》中有一段谈茶的，虽其论茶并无特殊发明，而其说明北京人不懂茶、无好茶却是一语中的。文云：

> 大通桥西堧下，旧有茶肆……余数偕友过之，茗话送日，惜其水不及昆明，而茶尤不堪。大抵京师士夫，无知茶者，故茶肆亦鲜措意于此。而都中茶，皆以末丽杂之，茶复极恶。南中龙井，绝不至京，亦无嗜之者。

北京习惯喝"茉莉花茶"，统名叫"香片"。尽管茶叶铺的幌子上也写着"极品芽茶、雨前春岕"、"六安瓜片、西湖龙井"等等。但一般卖茶叶的人，都卖"香片"，而且不讲品种，只以价钱来区别高下。茶叶京中消耗甚多。茶商从安徽、浙江、福建等地把大量茶叶通过运粮河运到北京，再到北京茶局子密封，用茉莉花混在一起蒸熏，高级的用嫩春芽茶，加茉莉花熏两次，叫"小叶茉莉双熏"。这种茶叶不同于南方花茶，是南方茶在北京加工的。最高级的，花银元时代，也有卖到三十二元一斤的。即十六两秤二元一两，分包小包，每两五包，每包四角。这种风俗习惯从什么时候开始的，虽无确切考证，但在清代前期肯定已形成了。因为《红楼梦》中所写日常生活的喝茶习惯和评价方式是一样的。喝花茶香片，不管是高级小叶茉莉双熏，或穷考究的"高末"。先讲究酒足饭饱来壶茶，讲究滚开的水沏茶，讲究沏好之后闷一会儿再喝，讲究沏几遍，讲究酽，讲究出色等等。在江南茶乡讲究茶艺的人看来，这都是外行的吃茶。而《红楼梦》中所讲的正是这些。如第八回写宝玉在薛姨妈家吃酒，略有醉意，写道：

> 作了酸笋鸡皮汤，宝玉痛喝了几碗，又吃了半碗多碧粳粥。一时薛、林二人也吃完了饭，又酽酽的喝了几碗茶……

以茶解酒，讲究"酽酽"的。这是北京人喝香片的习惯。再如同回书说到"枫露茶"，宝玉问茜雪道：

> 早起沏了碗枫露茶，我说过那茶是三四次后才出色，这会子怎么又斟上这个茶来？

这"枫露茶"自然也不是好绿茶，如果江南明前、雨前嫩龙井、虎丘碧螺春等名茶，怎能早上沏了晚上喝，而且又怎能三四次后才出颜色呢。而且以"三四次后才出色"来评价茶的好坏，正是夸"茉莉双熏"，或红茶、普洱茶之类的茶叶。好绿茶讲究新,讲究嫩,讲究现烧水,现泡茶,现品尝。试想:如果明前春芽,不管是杭州、苏州、安徽的绿茶,早上泡上,闷在那里,晚上再吃,而且再泡上三四次,那又如何吃呢?江南有句话,叫"茶淡不如水"。好龙井、碧螺春,一泡二泡最好,三泡就淡而无味了。

《红楼梦》中家常喝茶,大概是先沏上一壶茶卤,要吃时,先斟点茶卤,再兑点开水,端上来。或者随吃随续开水。不妨再看第五十一回宝玉半夜吃茶时的描写:

> 至三更以后……宝玉说:"要吃茶。"麝月忙起来,单穿着红绸小棉袄儿……下去向盆内洗了手,先倒了一钟温水,拿了大漱盂,宝玉漱了口,然后才向茶桶上取了茶碗,先用温水过了,向暖壶中倒了半碗茶,递给宝玉吃了,自己也漱了漱,吃了半碗。

从描写中可见,茶是预先沏好,而且是在暖壶中。这个"暖壶"不是今天的热水瓶,而是老式藤壳、棉花套包着瓷壶的暖壶。滚开的水沏上茶,渥在里面,在气温十度左右的冬夜,三更天饮用,倒出还有热气,这是旧时土办法。这是《红楼梦》生活中喝茶,而非"品茶"。这种"茶",在北京,即使王公贵戚家,也不过是用好香片,不会是"龙井"等绿茶。而且在北京,大冷天半夜里,口渴喝上一杯半冷不热的龙井绿茶,那是非泻肚不可的。因而回到前面,平儿侍候凤姐,站在炕沿边,捧着填漆茶盘、小盖钟儿。那钟中的茶,多半是先沏好茶卤,临时加热水端上的。多半是香片,纵是新沏,也非绿茶。况且日常生活中小盖钟儿也难新沏得开茶。这是分析所得,不是猜谜。

《红楼梦》中不要说日常生活中吃的是花茶,连设想的仙家"太虚幻境"也吃花茶。所谓"此茶出自放青山遣香洞,又以仙花灵叶上所带的宿露烹了,名曰千红一窟",似乎离不开"花"的。这样设想,恐怕也是和习惯喝花茶有关系吧。

《红楼梦》时代,北京豪门贵戚之家,很讲究喝普洱茶。第六十三回"寿怡红群芳开夜宴",林之孝家查夜到了怡红院,描绘道:"……宝玉忙笑道:'妈妈说的是……今日因吃了面,怕停食,所以多玩了一回。'林之孝家的又向袭人等笑说:'该闷些普洱茶喝。'袭人、晴雯二人忙说:'闷了一茶缸子女儿茶,已经喝过两碗了。大娘也尝一碗,都是现成的。'"

这段描绘喝茶的生活场景也写得十分有情趣。所说普洱茶是红茶的一种,出自云南普洱,《本草纲目拾遗》"木部"记云:

> 普洱茶出云南普洱府,成团,有大中小三等。大者一团五斤,如人头式,名人头茶。膏黑如漆,醒酒第一。绿色者更佳,消食化痰,清胃生津,功力尤大也。

清代宫廷中也很讲究普洱茶,清吴振棫《养吉斋丛录》所记各省贡品,云南端阳贡品普洱茶是主要的。计进:"普洱大茶五十元,普洱中茶一百元,普洱小茶一百元,普洱女茶一百元,普洱珠茶一百元。普洱芽茶三十瓶,普洱蕊茶三十瓶。"

前面所说"闷了一茶缸子女儿茶",所说就是贡品中的"普洱女茶",不是明代李日华《紫桃轩杂缀》中所说的"女儿茶"。明代"普洱"还不是府的建制,也不讲究"普洱茶"。《本草纲目拾遗》是后人所补,不是李时珍所记。近阅《王文韶日记》,他在杭州,那拉氏还赏他普洱茶,这一习惯,到清末还如此。

再关于普洱茶、女儿茶,乾隆时张泓《滇南新语》一书"滇

茶"条有详细记载,文云:

> 滇茶有数种。盛行者曰木邦、曰普洱。木邦叶粗味涩,亦作团,冒普茗名以愚外贩,因其地相近也,而味自劣。普洱珍品,则有毛尖、芽茶、女儿之号。毛尖即雨前所采者,不作团,味淡香如荷,新色嫩绿可爱。芽茶较毛尖稍壮,采治成团,以二两、四两为率,滇人重之。女儿茶亦芽茶之类,取于谷雨前后,以一斤至十斤为一团,皆夷女所采治,货银以积为奁资,故名。制抚例用三者充岁贡。其余粗普叶,皆散卖滇中,最粗者,熬膏成饼摹印,备馈遗。而岁贡中亦有女儿茶膏,併进蕊珠茶,茶为禄丰山产,形如甘露子,差小,非叶,特茶树之萌芽耳,可却热疾。又茶产顺宁府玉皇庙内,一旗一枪,色莹碧,不殊杭之龙井,唯香过烈,转觉不适口,性又极寒,味近苦,无龙井中和之气矣。若迤西之浪穹、剑川、丽江诸边地,则采槐柳之寄生以代茶,然唯迤西人甘之。

按张泓号西潭,汉军镶蓝旗人,监生,书中记云:"今上辛酉岁,余始入滇。"辛酉,乾隆六岁。又云:"乾隆乙丑冬,余以新兴牧调任剑川。"乙丑,是乾隆十年,他由新兴州知州调剑川州知州。新兴即今玉溪县,在昆明南,过滇池、晋宁即是,是云南中心地带。剑川在滇西北,大理洱海之北。张泓在云南多年,累官至云南迤西道,著有《翼桐轩集》。他在云南做官的时候,也正是曹雪芹在北京写《红楼梦》的时候,都说到女儿茶,是很有意思的。可见太平盛世,极远边陲与北京的紧密生活关系。

《红楼梦》中一般写到茶的地方,只是生活中的茶,或为解渴,或为待客,或为消食,总之都是日常生活所需,而非专门品茶、讲求茶艺。只有第四十一回"贾宝玉品茶栊翠庵"是专门以写茶来点缀故事的。表演茶艺的主人是妙玉。书中写妙玉给贾母献茶道:

> 只见妙玉亲自捧了一个海棠花式雕漆填金云龙献寿的小茶盘,里面放了一个成窑五彩小盖钟,捧与贾母。贾母道:"我不吃六安茶。"妙玉笑说:"知道,这是老君眉。"贾母接了,又问:"是什么水?"妙玉道:"是旧年蠲的雨水。"贾母便吃了半盏,笑着递与刘姥姥,说:"你尝尝这个茶。"刘姥姥便一口吃尽,笑道:"好是好,就是淡些!再熬浓些更好了。"贾母众人都笑起来。然后众人都是一色的官窑脱胎填白盖碗。

这是妙玉有准备地招待大家喝茶,先捧给贾母。贾母说"我不吃六安茶",为什么说这句呢?好比二三十年前北京人说,我不吃"龙井",这等于"绿茶"的代名词。北京一般是不懂"绿茶"这一名词的,只知南方人讲究喝茶,"六安茶"名气最大,所以刘若愚《明宫史》说到茶,第一句就是"茶则六安松萝"。清代六安茶也是重要贡品。陈康祺《燕下乡脞录》记载:

> 旧例:礼部主客司,岁额六安州霍山县进芽茶七百斤,计四百袋,袋重一斤十二两,由安徽布政司解部,其奉橄榷茶者,则六安州学正也。

清中叶社会上流传着一副名联:"彭泽鲤鱼陶令酒,宣州栗子霍山茶。"也是"六安茶"。因而贾母说:"我不吃六安茶。"实际这句话就等于说"我不吃绿茶"。为什么不吃,这是生活习惯,尤其是吃完酒食油腻,既怕停食,又怕闹肚,更不能吃绿茶。妙玉自然知道这点,因而早已做好准备,回答一句:"知道。这是老君眉。"等于说:"知道,这是红茶。"

为什么这样说呢? 因为"老君眉"是红茶的一种,近人徐珂《清稗类钞》"茶肆品茶"条云:

> 茶肆所售之茶,有红茶、绿茶两大别。红者曰乌龙、曰寿眉、曰红梅;绿者曰雨前、曰明前、曰本山。有盛以壶者,有盛以碗者……

所说红茶中的"寿眉",就是"老君眉"。"老君"就是"寿星",这是很普通的叫法。

"贾宝玉品茶栊翠庵"重在描绘妙玉招待宝玉、黛玉、宝钗三人品茶,其中宝玉为主,限于篇幅,文字上不再引,不再说了。读者可以自去欣赏。但有一点要特别指出,就是曹雪芹写此,只写到茶具,写到水,并未写到茶。只是一笔带过,写道"妙玉自向风炉上煽滚了水,另泡了一壶茶"。什么茶呢? 未说明。只借宝玉的口赏赞不绝,果觉"清淳无比"。是不是也是前面说的"老君眉"呢? 如不另换好芽茶,又如何叫"吃体己茶"呢? 写"吃体己茶",而没有写明特殊的茶叶,只说了半天水,不能不说是遗憾。明末张岱《陶庵梦忆》所写"闵老子茶"道:

> 灯下视茶色,与瓷瓯无别,而香气逼人,余叫绝,余问汶水曰:"此茶何产。"汶水曰:"阆苑茶也。"余再啜之曰:"莫绐余,是阆苑制法而味不似。"汶水匿笑曰:"客知是何产?"余再啜之曰:"何其似罗岕甚也?"汶水吐舌曰:"奇奇!"余问水何水? 曰:"惠泉。"余又曰:"莫绐余,惠泉走千里,水劳而圭角不动,何也?"汶水曰:"不复敢隐,其取

惠水，必淘井，静夜候新泉至，旋汲之，山石磊磊藉瓮底，舟非风则勿行，故水不生磊，即寻常惠水，犹逊一头地，况他水耶？"又吐舌曰："奇奇！"言未毕，汶水去少顷，持一壶满斟余曰："客啜此！"余曰："香扑烈，味甚浑厚，此春茶耶？向瀹者的是秋采。"汶水大笑曰："予年七十，精赏鉴者无客比。"遂定交。

以品茶论，比之张岱，曹雪芹不能不说是外行了。曹雪芹毕竟是人，不是神。写到品茶，也只是小说家的写法，是不能把他看作茶艺专家的。红楼茶事细说细考甚繁，这里只做一个简单的介绍吧。

茶与同情

◎琦君

"谷雨乍过茶事好,鼎汤初沸有朋来。"这是文徵明题画的两句诗,他画的是山水之间的一座茶棚,那悠闲的意境令人神往。虽然现在不是谷雨乍过,而已经是立夏以后,但正为到了夏令,亚热带的夏又是特别长而且燠热,我真想在溽暑中有那么一座小小的茶棚,位于青翠幽远的山凹,淙淙的小溪之畔。让过往的行人有一处驻足之所:这里有芬芳扑鼻的清茶,更有大自然优美的风景。

疾雷暴雨中,我们可以到这里来躲避,淡月疏星的夜晚,我们可以来此乘凉。二三知己,一盏清茗,躺在竹椅上就可以天南地北地畅所欲言,那是多么舒适的生活情趣。

可是在十丈软红尘扑面的都市中,到哪儿去找这么个幽雅的小茶棚呢?

过分忙碌紧张的生活,有时真会使人的心情不宁,甚至忧郁悲观。我常听到人这样埋怨着:"啊呀!我简直成了一架机器,连思想都没有了。我变得这么迟钝而且庸俗,灵感远离我而去,想看点书都静不下心来,想和朋友谈谈也没有时间。朋友们也许都腻烦我的唠唠叨叨了。"我自己就有这种经验。我是个职业妇女兼家庭主妇,有时遇到女佣走了,工作、家务、孩子,忙得我喘不过气来时,我的心情就变得非常恶劣,不禁感到生活是如此匆忙而乏味。我多么渴望友情的温暖与鼓励，多么渴望有一座远离尘俗的小茶棚，让我坐下来喘息一下，向朋友们诉说我的困难与烦恼。

一次又一次地，好像度过许多阴晴不定的困人天气，渐渐地，我能够适应了。我还从其中领略得一点乐趣——忙里偷闲的乐趣。那就是说，无论怎么忙，要保持一份心情的宁静。今天该做的事今天做，明天的留待明天再忙。然后坐下来，捧起一杯清茶，慢慢儿地啜饮着。愉快地阅读一本书，哪怕是几行几句都好。翻翻照相本子，整理一下书桌抽屉，取出朋友的信札来重读一遍，或是给朋友通个短短的电话，如果彼此都方便的话。再不然，就凭着窗儿沉思默想一会儿。这样，紧张的神经自会松弛下来，感到周遭的一切事物都充满盎然生意。而我想见的朋友，她们的声音笑貌，也都一一浮现在我眼前了。

我以为，这就和憩息在风景优美的小茶棚里，一样地感到心神怡悦。

这座茶棚，无待远求，它就在我们自己的方寸灵台之间。当我工作疲劳、心情欠佳时，我就丢下一切，来到这里，喝着清茶，与朋友们做一次精神上的会见。我以心语向朋友诉说，我也似乎听到朋友们的娓娓清谈，感受到她们的拳拳挚谊。于默默中，我深感与朋友之间的情意相契，欢乐交流。这座心灵上的小茶棚里，永远有朋友在等待我，它不受时间空间的限制，我随时都可以和她们会晤。

清茶比酒香，我时常有此感觉。因为酒使人兴奋，茶却令人宁静。记得以前与好友同读张潮的《幽梦影》。低徊再三，为之陶醉。现在我也来续几句："饮酒如对豪友，服药如对畏友,啜咖啡如对趣友,调冰如对俊友,品清茶如对逸友。"在心灵的茶棚里,让我们无拘无束、悠闲自在地纵谈古今。我们会觉得"眼前一笑皆知己,座上全无碍目人"。那该是多么轻松愉快的情景呢?

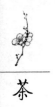

琴棋书画诗酒茶

◎王旭烽

茶是个和气性子,与谁都合得来。柴门也进得,侯门也进得,不卑不亢,不做宠物状,所以和柴米油盐酱醋过日子的同时,也能与琴棋书画诗酒发雅性,且在那个浪漫天地里,还担任着缺一不可的角色。只是就像一个艺术天赋极高的人一样,绚烂之后归于平淡,自己不评说,只待旁人去品味罢了。

茶与诗文

讲到诗文,不得不先讲作诗文者。舞文弄墨的人两千年来,对茶的喜爱与赞叹,实在不亚于对女性的喜爱与赞叹,茶诗茶文,浩瀚哉!

这里头典型的要算是十六世纪末十七世纪中叶的明末清初小品文大家和历史学家张岱。张岱,浙江绍兴人,后人研究茶,没有一个不提到他的。

晚年时他写过两本关于大梦的书,《陶庵梦忆》和《西湖梦寻》,此梦当是人生如梦的意思。他曾在《自为墓志铭》中,用中国的韵文写道:"少为纨绔子弟,极爱繁华,好精舍,好美婢,好娈童,好鲜衣,好美食,好骏马,好华灯,好烟火,好梨园,好古董,好花鸟,兼以茶淫橘虐,书蠹诗魔,劳碌半生,皆成梦幻。"

用白话翻译：

我年轻时是个花花公子，最爱过奢侈的生活，喜欢奇巧的园舍，喜欢美丽的侍女，喜欢英俊的少年，喜欢华丽的衣装，喜欢精美的食物、健飞的快马、华丽的夜灯和五彩的烟火，喜欢演戏和吹拉弹唱，喜欢古董和花鸟虫鱼，再加上爱喝茶爱品水果，爱读书爱诗文，忙忙碌碌半生过去，这一切都像一场梦啊。

有兴趣的人们，不妨去读一读他在梦幻之中所作的那些关于茶的文章，其中《礼泉》、《蓝雪茶》、《闵老子茶》、《斗茶檄》等篇，不可不读。

这个处在国破家亡情势下的大文人是很值得尊敬的，因为坚决不做新朝的官，他的晚年十分凄凉，再也喝不到好茶了。可是他对茶的癖好竟到了这种程度，以至于店铺在卖新茶时，他站在一旁闻香，以解茶瘾，这可真是个令人心酸的故事。这样的例子历史上倒不是绝无仅有，宋代大书法家蔡襄自述"衰病万缘皆绝虑，甘香一事未忘情"，是说他老病缠身，不能品茶，只能"烹而玩之"，闻闻香气也好吧。对这样一种痴迷状态，张岱历来是很欣赏的，所以他说："人无癖不可与交，以其无深情也；人无疵不可与交，以其无真气也。"

一般以为，中国历史上第一篇歌颂茶的赋章，是晋代杜毓所写。其人公元四世纪初逝。他当过国子祭酒，相当于今天的大学校长的职衔，他的文章题目很明确，《荈赋》。荈就是茶，因为是第一篇歌颂茶的赋文，所以在茶文化的领域里，占有重要地位。

中国历史上最有名的一首关于茶的诗篇，是大名鼎鼎的卢仝(795—835)所作，他是唐代的隐士，自号玉川子，我有专门的文章对此做介绍,这里就不展开了。

九世纪晚唐诗人皮日休(834—883)当过朝廷命官,写过不少关于采茶制茶的诗篇,他似乎对茶具特别有兴趣,他又是个社会责任感较强的诗人,所以成了叛逆者,当了黄巢农民起义军的大官。他后来似乎不知所终。有人说是被农民起义军杀了,又有说是被朝廷杀了。

和皮日休齐名的是陆龟蒙(? —881),人称"皮陆",隐居在茶山中,总算自得其乐。他还在吴兴顾渚山下买了一块茶园,新茶上来,自己先品一番,写些隐居的茶诗,比如"雨后采芳去,云间幽路危"等。从前顾渚山土地庙有副对联写他:

> 天随子杳矣难追遥听渔歌月里
> 顾渚山依然不改恍疑樵唱风前

这个天随子,就是陆龟蒙。

在湖州,围绕着茶圣陆羽的,又是一大批文人。大书法家颜真卿在湖州任太守时,曾集结陆羽、皎然、张志和、孟郊、皇甫冉等五十多个诗人,吟诗品画作文,一时花团锦簇。

皎然姓谢,在湖州杼山妙喜寺出家,史称诗僧。虽是个僧人,却是个不甘寂寞的,结了一大帮文友,写了许多茶诗,还把陆羽接来住在庙里,一起品茶论道。另有个皇甫冉,他是研究陆羽的人必定要关注的一个人物。他写过一首《送陆鸿渐栖霞寺采茶》,很有名:

> ……
>
> 旧知山寺路,时宿野人家,
> 借问王孙草,何时放碗花。

王孙草指茶,碗花指茶汤沫饽。

还有个诗人，日本人特别喜欢，叫张志和，他是因一首诗而闻名的。

> 西塞山前白鹭飞，桃花流水鳜鱼肥，
>
> 青箬笠，绿蓑衣，斜风细雨不须归。

此人和陆羽也甚洽。皇帝见他名气大，赏了他奴、婢各一人，张志和把他们配成夫妻，男的叫渔童，女的叫樵青，并说：男的可以帮我钓鱼划船，女的帮我种花煎茶。

这里，还得说一说女道士诗人李冶，又叫李季兰，是一个很有个性的有浪漫才华的女人，更因与陆羽的特殊友谊而名传后世。相传李季兰生得姿容美丽，神情潇洒，专喜弹琴作诗，五六岁时作过一首《咏蔷薇》诗，有句云："经时未架却，心绪乱纵横。"父亲见了暗吃惊，为她日后长大担忧。后为女道士，与陆羽、皎然等文士相交游，诗好雅谑，被同时代诗人刘长卿誉为女中诗豪。天宝年间，玄宗皇帝闻她才名，曾把她接到宫里留居一月多，后仍出宫当女道士。建中元年(780)，《茶经》印出来了，陆羽高兴地赶到太湖开云观去探望她，不意她正在病中，浪漫的女诗人很是感激，强振精神，招待师兄，并作诗相赠：

> 昔去繁霜月，今来苦雾时。
>
> 相逢仍卧病，欲语泪先垂。
>
> 强劝陶家酒，还吟谢客诗。
>
> 偶然成一醉，此外更何之。

这首诗名就叫《湖上卧病喜陆鸿渐至》。陆李之情始终是一个谜，以至考证说，李冶的父亲也是饱学儒士，做过大官，因刚直不阿，一生坎坷，后辞官卜居竟陵，所生一女，取名季兰，智积禅师曾将拾得弃婴寄养李家，就取名季疵，已示兄妹之意。可惜他们终究未能成眷属,这也都是后人关于陆李的演义了,多少寄托着人们对他们个人不幸命运的同情吧。

唐代诗人,可说大都和茶有缘分,像李白、杜甫、刘禹锡、韦应物等,都有诗为证。白居易写了五十多首茶诗,他的名篇《琵琶行》,写个红颜薄命的女子,说:"门前冷落车马稀,老大嫁作商人妇,商人重利轻离别,前月浮梁买茶去……"

浮梁在今日江西,是个出茶的地方。

白居易的诗友元稹,写过一首诗,呈宝塔形,这种形象上的艺术体,当时很流行:

茶

香叶,嫩芽。

慕诗客,爱僧家。

碾雕白玉,罗织红纱。

铫煎黄蕊色,碗转曲尘花。

夜后邀陪明月,晨前命对朝霞。

洗尽古今人不倦,将知醉后岂堪夸。

到了宋代,茶诗更涌,有关茶的逸事也甚多。

陆游是诗人中茶诗最多者,他一生写了三百多首茶诗,当过茶官,他和陆羽同姓,取了个和陆羽一样的号叫"桑苎翁",说:"我是江南桑苎翁,汲泉闲品故园茶。"

中国老百姓对他特别熟悉,因为他和表妹有一段不幸的婚姻,他似乎是极爱妻子的,但被母亲硬拆散了。他是一生不得志的大诗人,在豪气与郁闷中,不免求助于茶,过着"饭白茶甘不知贫"的日子,却由此而得长寿。

同样不得志的苏东坡,在仕途上几升几贬,却高唱"大江东去",游山玩水,煮酒烹茗,只作为一件乐事来对待。"欲把西湖比西子","从来佳茗似佳人",把好茶与美女相提,似乎自他始。

有一次他病了,却在杭州西湖兜了一个大圈子,每到一个寺院就进去喝碗茶,跑了一串寺院,病好了,于是便写了名句:

> 何须魏帝一丸药,且尽卢仝七碗茶。

诗人们爱茶,固然因为他们喝茶,但更多是把饮茶作为一种淡泊超脱的生活境界来追求的。"休对故人思故国,且将新火试新茶,诗酒趁年华。"这里,享乐与忘却的情绪交替出现,茶,无疑成了忘忧草。

即便是那些金戈铁马的将军,大义凛然的文相,在激越的生活中也无法忘怀闲识的茶,唱着"将军白发征夫泪"的范仲淹,历史上一直作为儒家杰出代表,他写过一首很长的《和章山民从事斗茶歌》,共四十二行,堪称茶诗之最。至于写过"人生自古谁无死,留取丹心照汗青"的文天祥,谁又会想到,他也写过这样的诗句呢:

> 扬子江心第一泉,南金来北铸文渊。
> 男儿斩却楼兰首,闲品《茶经》拜羽仙。

原来大丈夫治国平天下以后,也想回家学陆羽的样子,品品茶,过过神仙日子啊。

中国当代文学史上,有个叫陈学昭的女作家,早年留学法国,后来投奔延安,写过一部《工作着是美丽的》长篇,很轰动。建国以后,她长期深入西湖龙井乡,后来,写了部长篇小说《春茶》。用小说形式表现茶叶生活,恐怕要算第一部了。

作为诗文的副产品,茶令、茶谜和茶联,也在民间流传。

南宋时,浙江乐清有个大文人王十朋,曾写诗说:搜我肺肠著茶令。他对茶令的形式是这样解释的:"与诸子讲茶令,每会茶,指一物为题,各具故事,不同者罚。"可见那时茶令已盛行在江南地区了。

《中国风俗大词典》记载:"茶令流行于江南地区,饮茶时以一人令官,饮者皆听其号令,令官出难题,要求人解答或执行,做不到以茶为赏罚。"挨罚得多者也会酩酊大醉,脸青心跳,肚饥脚软,此谓"茶醉",但比起酒醉要好些,只消进些茶点就能"解醉"了。

还有个婉约派大诗人李清照,和她的丈夫金石学家赵明诚,是中国宋代著名的一对恩爱文人雅士。他们通过茶令来传递爱情与事业的交流。这种茶令与酒令不大一样,它赢时只准饮茶一杯,输时则不准饮。他们夫妻独特的茶令一般是问答式,以考经史典故知识为主,如某一典故出自哪一卷、册、页。当时,赵明诚就写出了一部三十卷的《金石录》,成为我国考古史上的著名人物。李清照在《金石录后序》中记叙她与赵明诚共同生活行茶令搞创作的趣事佳话:"余性偶强记,每饭罢,坐归来堂,烹茶,指堆积书史,言某事在某书、某卷、第几页、第几行,以中否角胜负,为饮茶先后,中即举杯大笑,至茶倾覆杯中,反不得饮而起……"为他们的书斋生活增添了无穷乐趣。

说到茶谜,常常是带着许多故事来的。相传,古代江南一座寺庙,住着一位嗜茶如命的和尚,和寺外一爿食杂店老板是谜友,平时喜好以谜会话,忽一夜,老和尚茶瘾、谜兴齐发,就遣哑巴徒弟穿上木屐、戴着草帽去找店老板取一物。那店老板刚想吹灯就寝,听见敲门,一见小和尚装束,心有灵犀一点通，速取茶叶一包叫他带去。原来，这是一道形象生动的茶谜，头戴帽暗合"艹"，脚下穿木屐，扣合"木"字为底，中间加小和尚是"人"，组合即是个"茶"字。

唐伯虎、祝枝山这对明代苏州风流文人，中国人熟悉得很，都知道祝枝山帮助唐伯虎点秋香，但知道他们之间猜茶谜的就不多了。

一天，祝枝山刚踏进唐伯虎的书斋，就被相邀品茶猜谜，唐伯虎笑着说："我这时正巧做了四个字谜，你要是猜不出恕不接待！""有多少你就说出来吧。"祝枝山话音刚落，只见唐伯虎脑袋微摇，吟出谜面："言对青山青又青，两人土上说原因，三人牵牛缺只角，草木之中有一人。"不消片刻，祝枝山就破了这道谜，得意地敲了敲茶几说："倒茶来！"唐伯虎料想他猜得不错，就把祝枝山推到太师椅上坐下，又示意家僮上茶。原来这四个字正是："请坐，奉茶。"

最早的茶谜很可能是古代谜家撷取唐诗人张九龄《感遇》中"草木本有心"，配制的"茶"字谜。在民间口头流传的不少茶谜中，有不少是按照茶叶的特征巧制的。如"生在山中，一色相同，泡在水里，有绿有红"。民间还有用"茶"字谜来隐喻借代百岁寿龄的。其义是将"茶"字拆为"人八十"加上草字头（廿）合为一百。

至于茶联，太多了。摘录一点以飨读者。

> 欲把西湖比西子，从来佳茗似佳人。
>
> ——杭州藕香居茶室

> 扫来竹叶烹茶叶，劈碎松根煮菜根。
>
> ——四川青城山天师洞

茶

一杯青露暂留客，两腋清风几欲仙。

——杭州"茶人之家"

客上天然居，居然天上客。
人来交易所，所易交来人。

——上海"天然居"茶楼

红透夕阳，好趁徐晖停马足；
茶烹活水，须从前路汲龙泉。

——湖南衡山望岳门外红茶亭

处处通途，何去何从？求两餐，分清邪正；
头头是道，谁宾谁主？吃一碗，各自东西。

——广东三眼桥茶亭

泉从石出情宜洌，
茶自峰生味更圆。

——杭州龙井秀萃堂

花笺茗碗香千载，
云影波光活一楼。

——成都望江楼

何须调水制符，苏耽竹简；
自有清风入座，陆羽茶经。

——福建罗源圣水寺茶楼

为名忙，为利忙，忙里偷闲，且喝几杯茶去。

劳心苦，劳力苦，苦中作乐，再倒一碗酒来。

——成都茶馆

小住为佳，且吃了赵州茶去；

日归可缓，试问歌陌上花来。

——杭州九溪林梅亭

茶与书画

中国的文人，如果会写诗，大多便也会书画，这好像也是一个有学问的人必备的艺术修养。画，外国人尚可理解，书或许便得解释几句，按照《辞海》的解释，指文字的书写艺术，特指用毛笔写汉字的艺术。

《调琴啜茗图》传说是唐代周昉所作的，三个贵族女子，一调琴，一笼手端坐，一侧身向调琴者，手持盏向唇边，又有二侍女站立，旁边衬以树木浓荫，瘦石嶙峋，渲染出十分恬适的气氛。

周昉本人就出生于贵族家庭，他特别爱画贵族妇女，这些仕女大多优游闲逸，容貌丰肥，衣褶劲简，色彩柔丽，为当时宫廷、士大夫所重，连皇帝都特别器重他。《调琴啜茗图》现藏美国纳尔逊美术馆。

至宋，有刘松年所画《卢仝烹茶图》、《撵茶图》及《茗园赌市图》传世。

刘松年是南宋著名画家，在中国绘画史上占有重要地位。据《画史会要》载："刘松年，钱塘（今杭州）人，居清波门（一名

茶

暗门)外,俗称暗门刘。"

南宋茶事之盛,亦如画事之盛一样,一个主要的原因大概要推宋徽宗赵佶。这位亡国之君,治国一塌糊涂,但他对画事却有贡献。不但自己擅画,创"瘦金书"体,狂草也颇可观。他还广收古物、书画,网罗画师,扩充翰林图画院,亲命编辑的《宣和书谱》、《宣和画谱》和《宣和博古》等书,至今仍为学人重之。也就是这位皇帝,竟然亲自撰写了一部茶文化经典著作——《大观茶论》,这在古今中外恐怕是空前绝后的。赵佶擅画又喜茶,合璧而成之巨幅文人雅集品茶图——《文会图》,亦在台湾茶事图册中见之。上行下效,宋代饮茶蔚然成风,而为一大时髦,当是顺理成章之事。

刘松年这三件茶事图,正好展示了当时社会三个主要阶层,两种主要饮茶方式,几乎可以看作是宋代饮茶的全景浓缩图,《撵茶图》是写当时贡茶的饮用情况,尽管图中之人物并非帝王将相,但从图中茶的饮用方式,即煎煮饮用之前要用一个用磨碾的过程来看,他们饮用的是团茶。《卢仝烹茶图》尽管是写唐代士人之饮茶,但其实不过是借前朝衣冠而已,而《茗园赌市图》则是写市民之斗茶。此幅被后来画家屡屡仿之,如宋代钱选的《品茶图》、元代赵孟頫的《斗茶图》,均是取其局部稍加改动而成的。市民不但饮茶,并且进而盛行从饮茶引申出来又脱离饮用的茶的形式游戏,还成为一种习俗,可见南宋茶事之盛。而作为宫廷著名画师的刘松年,一而再再而三地图画茶事,更增其佐证。

元代赵孟頫的《斗茶图》很有名,图中画了四个人,有人一手提竹炉,另一手持盏,头微上仰,做品茶状,数人注目凝视,似乎正在等待聆听高论,中又有一人手执高身细颈长嘴壶往茶盏中斟茶，人物生动，布局严谨。赵为湖州人，元代大画家，开创元代新画风者。他的夫人和弟弟亦擅书画。

明代的唐伯虎、文徵明也都以品茶为题材的作品传世。唐伯虎的《事茗图》画一层峦耸翠、溪流环绕的小村，古木参天下有茅屋数椽，飞瀑似有声，屋中一人置茗若有所待，小桥流水，上有一老翁依杖缓行，后随抱琴小童，似客应约而至，细看侧屋，则有一人正精心烹茗。画面清幽静谧，而人物传神，流水有声，静中蕴动。

文徵明的《惠山茶会图》，描绘了明代举行茶会的情景，茶会的地点，山岩突兀，繁树成荫，树丛有井亭，岩边置竹庐，与会者有主持烹茗的，有在亭中休息待饮的，有观赏山景的，看来正是茶会将开未开之际。

明代丁云鹏的《玉川烹茶图》，画面是花园的一隅，两棵高大芭蕉下的假山前坐着主人卢仝——玉川子，一个老仆提壶取水而来，另一老仆双手端来捧盒，卢仝身边石桌上放着待用的茶具，他左手持羽扇，双目凝视熊熊炉火上的茶壶，壶中松风之声仿佛可闻。

清代薛怀的《山窗清供》，清远飘逸，独具一格，画中有大小茶壶及茶盏各一，自题胡峤诗句："沾牙旧姓余甘氏，破睡当封不夜侯。"当时，诗书名家朱星渚还题茶诗："洛下备罗案上，松陵兼列经中，总待新泉活火，相从栩栩清风。"此画枯笔勾勒，明暗向背十分朗豁，富有立体感，极似现代素描画。

茶艺人画也出现在雕刻作品上，现存北宋妇女烹茶画像砖刻画：一高髻妇女，身穿宽领长衣裙，正在长方炉灶前烹茶，她双手精心揩拭茶具，目不斜视。炉台上放有茶碗和带盖执壶，整幅造型优美古雅，风格独特。日本以茶为题材的绘画也仿自中国,如《明惠上人图》描绘日本僧人高辨在日本宇治栽植第一株茶树,坐禅松林下。著名的还有《茶旅行礼》,画卷十二景,描绘十七到十八世纪每年从宇治运新茶到东京的壮观礼节。

至于茶与书法,稍有常识者,不会不知道蔡襄、苏东坡、徐渭等一代大家。

有个墨茶之辩的故事,说的是苏东坡和司马光,都是茶道中人。一日,司马光开玩笑问苏:"茶与墨相反,茶欲白,墨欲黑,茶欲重,墨欲轻,茶欲新,墨欲陈,君何以同爱此二物?"苏轼说:"茶与墨都很香啊,你说呢?"

那还用说吗?

唐代是书法盛行时期,有个大名鼎鼎的书法家,是个出家人,叫怀素,喝醉了酒,手指头、袖口、手绢,沾了墨就往墙上涂去,龙飞凤舞,号称狂草,可谓一代大家。他写过一个叫《苦笋帖》的帖子,上曰:"苦笋及茗异常佳,乃可径来,怀素上。"真是文也好,字也好,一派大气。茶圣陆羽对他推崇备至,专门为他写了《僧怀素传》。

蔡襄就不用说了,他出生在产茶省福建。在任福建路转运使时,改进制茶工艺,生产出小龙团饼茶。在茶叶饮用愈加艺术化的同时,书法也从重法走向尚意。蔡襄的字,在北宋被推为榜首,他写的《茶录》,从文上说是对《茶经》的发展,从字上说是有名的范本。另有《北苑十咏》、《精茶帖》等有关茶的书迹传世,有后人称赞他,说他是茶香墨韵,珠联璧合。

"宋四家"中,另有一个大家苏东坡,写过一件《一夜帖》信札,说:"却寄团茶一饼与之,旌旗好事也。"

明代，才子辈出，画家们喜欢在画上题诗盖印，那个因"唐伯虎点秋香"而在民间出了名的苏州大才子唐寅，画过一幅《事茗图》，上题："日长何所事，茗碗自赏持；料得南窗下，清风满鬓丝。"字也飘逸，人也飘逸，寒而不酸，真风流也。

还有个了不起的大家徐渭——徐文长，他留下的墨宝中，有《煎茶七类》一幅，草书，满眼青藤缭绕之感。他自号"青藤道人"，是中国文人少有的刚烈奇崛之士，不见容于当时封建社会，一生潦倒，在他因极度痛苦而疯狂的日子里，他会用锥子来钉耳朵以达到自杀目的。他是个书、画、诗、文、戏曲无所不精的人，并借以发泄抑郁不平之气。现在浙江绍兴，还有他的纪念馆"青藤书屋"，后来的大画家齐白石，为了表达对他的尊敬，便自号"青藤门下走狗"。

这样一个人，亦是茶痴。

到了清代，有扬州八怪横贯于世。杭州人金农精于隶楷，自创"漆书"这种颇多隶意的楷体。他书过《述茶》一轴："采英于山，著经于羽，荈烈芬芳，涤清神宇。"字有金石味，不禁使人想起张岱笔下的日铸茶：梭梭有金石气。原来茶气和书气是可以一气贯通的。

郑板桥这个人自称书法为"六分半书"，那首"湓江江口是奴家，郎若闲时来喝茶"便是他写的。八怪中以画梅著称的汪士慎，一生以追求品尝各地名茶是求，有"茶仙"之称，自己说："蕉叶荣悴我衰老，嗜茶赢得茶仙名。"茶魄梅魂浑然一体。

现代书法家中以茶入诗的，首推故世的前中国佛教协会会长赵朴初，他是位大佛家，工诗书，也是爱茶人。

　　七碗受至味，一壶得真趣。空持百千偈，不如喝

茶去。

这亦是一首佛门偈句,用茶来揭示人生哲理的诗。

茶和书法,所以通融,因其有共同抽象的高雅之处,书法讲在简单线条中求丰富内涵,亦如茶在朴实中散发清香。茶与书法的共同之处,通过茶人与书法家合二为一的中国文人来实现,反过来又教化和修养中国人。

茶与歌舞

讲到茶与戏的关系,又要讲到老祖宗那里去了。陆羽少年时从和尚庙里逃出来,就跑到戏班子里去。他口吃,偏爱说,扮演逗人取乐的滑稽角色,细细想来,是很辛酸的,他师傅知道了气得直摇头。但他天分高,戏演得好,就被看戏的长官们发现了,加以培养,使其成材。他还写过《谑谈》这篇戏剧论文呢。

中国的戏是到元代(13—14 世纪)成熟的。那里面已有关于茶的场景。到了明代,大约和莎士比亚同期,中国出了个大戏剧家汤显祖,他把自己的屋子命名为玉茗堂,他那二十九卷书,通称《玉茗堂集》,取高洁流芳之意。他那本写爱情的代表作《牡丹亭》中有一场叫"劝农",农妇们边采茶边唱:"乘谷雨,采新茶,一旗半枪金缕芽。学士雪饮他,书生困想他,竹烟新瓦。"当官的看了也来了兴致,唱和道:"只因天上少茶星,地下先开百草精,闲煞女郎贪斗草,风光不似斗茶清。"

汤显祖在茶乡浙江遂昌当过县官。在那里写过"长桥夜月歌携酒,僻坞春风唱采茶"的诗行,他写"劝农",是有生活基础的。

这样,戏台上开始出现一种朴素的服饰,行家称"茶衣",蓝布制成的对襟短衫,齐手初有白布水袖口,扮演跑堂、牧童、书童、樵夫、渔翁的人,就穿这身。

又出现了不少表现茶馆生活的戏,比如《寻亲记·茶坊》、《水浒记·借茶》、《玉簪记·茶叙》、《风筝误·茶园》。当代的著名大戏剧家老舍写过《茶馆》的大型话剧,中国一流的话剧演员把它搬上舞台,演尽了小人物悲怆的一生。

一九六六年,老舍投湖自尽,是十年浩劫中第一个自杀的中国文化名人,另一位大作家汪曾祺,虽然当过右派,种过几年土豆,但侥幸偷生下来,并在那个时代改编过一出叫《沙家浜》的京戏,里面有段由阿庆嫂唱的"西皮流水",可谓"凡有井水处必唱",把个"春来茶馆"唱活了:

> 垒起七星灶,铜壶煮三江;摆开八仙桌,招待十六方;
> 来的都是客,全凭嘴一张;相逢开口笑,过后不思量;
> 人一走,茶就凉,有什么周详不周详。
> ……

汪老先生,是当今中国的文学语言大家。他的文字,去品品,有茶味。

终于出现了以茶命名的戏剧剧种——采茶戏。最初,它是茶农采茶时所唱的茶歌,在民间灯彩和民间歌舞的基础上形成,有四百年历史了。这种戏种善用喜剧形式,诙谐生动,多表现农民、手艺人、小商贩的生活,有泥土气,在江西一带流行至今。有出戏叫《九龙山摘茶》,从头到尾就演茶:采茶、炒茶、搓茶、卖茶、送茶、看茶、尝茶、买茶、运茶,全都作了程序化的描述,电影厂还拍过一个戏剧片叫《茶童戏主》,很受欢迎。

茶戏,在中国,看样子还会继续发展下去。《茶馆》到法国演出后,轰动巴黎,真的中国茶馆也就跟着开设到巴黎的街道上去了。

茶歌是从茶谣开始的,茶民在山上采茶,风和日丽,鸟语花香,忍不住就开始唱,唱多了,形成风格,形成了调子,足之蹈之,手之舞之,变成了茶舞。

明代的中国浙江,发生过一起有名的案子,叫"谣狱案"——什么谣?《富春江谣》。唱什么?唱农民的贫苦:

> 富春江之鱼,富阳山之茶。
>
> 鱼肥卖我子,茶香破我家。
>
> 采茶妇,捕鱼夫,官府拷掠无完肤。
>
> 昊天何不仁?此地亦何辜?
>
> 鱼何不生别县。茶何不生别都。
>
> 富阳山,何日摧?
>
> 富阳江,何日枯?
>
> 山摧茶亦死,江枯鱼始无!
>
> 于歆,山难摧,江难枯,我民不可苏!

有个官吏韩邦奇,给皇上上奏章,用了这首歌谣,皇上大怒,说:"引用贼谣,图谋不轨。"韩邦奇差点丢了命。

君王杯中茶,茶民眼中泪,不少歌谣都是描绘茶民悲苦生活的。

又有一类茶歌是结合茶叶生长不同的季节的自然景象来

讴歌历史上各种风流人物的,如《十二月采茶》:

> 三月采茶桃花红,手拿长枪赵子龙,
> 百万军中救阿斗,万人头上逞英雄。
> 四月采茶做茶忙,把守三关杨六郎,
> 偷营劫寨是焦赞,杀人放火是孟良。
> ……
> 十一月采茶雪花飞,项王垓下别虞姬,
> 虞姬做了刀下鬼,一对鸳鸯两处飞。

抄了一大段,是因为这茶歌实在是好,舍不得删。

明清时,茶市贸易空前繁荣,一些茶叶集散地到处都设有茶坊、茶行。当时人们爱唱的采茶小调与一些民间山歌俚曲,便在作坊里的采茶姑娘中相互传唱,民间卖唱艺人也常到茶行里去坐堂演唱,招待各方茶客,有时也在村户人家为喜庆日子演唱。

茶歌唱多了,就形成了自己的曲牌,如《顺采茶》、《倒采茶》、《十二月茶歌》、《讨茶钱》等等,一个调子,任集体个人重新填词。

在江西武宁这个地方,有一种气势磅礴的大型山歌,叫打鼓歌,一名鼓匠击鼓领唱,众人一边劳动,一边答和,演唱时间长,且有一套约定的程序。这当中有不少属于茶歌,唱采茶的:

> 郎在山中砍松桠,
> 姐在平地摘细茶,
> 手指尖尖把茶摘,
> 一双细脚踏茶芽,
> 好比观音站莲花。

茶

唱爱情的：

> 情歌不必挂心怀，
>
> 奴家不是贱奴才，
>
> 恰似山林茶叶树，
>
> 花不逢春不乱开，
>
> 好花千日等郎来。

有一首茶歌，犹如一个小故事，一幅风情画：

> 温汤水，润水苗，
>
> 一桶油，两道桥。
>
> 桥头有个花娇女，细手细脚又细腰，
>
> 九江茶客要来谋（娶）。

　　一个到外地卖茶的年轻商人，看上了站在桥头的苗条少女，决心娶她，不禁使人想起诗三百篇开首:关关雎鸠,在河之洲,窈窕淑女,君子好逑。

　　说到茶舞，开始大多是以双人对歌对舞形式出现。《国歌》曲谱的作者聂耳就谱写过一首叫《茶山情歌》的对歌对舞曲：

> 男:茶树发芽啊满山青，我想妹妹到如今，
>
> 　　问妹一句知心话，不知答应不答应。
>
> 女:明月当空哟遍山黄，谁家大姐不想郎，
>
> 　　有心约郎山顶会，只怕堂上二爹娘。

　　中国现在最著名的茶舞，我还得推音乐家周大风先生作词作曲的《采茶舞曲》，浙江歌舞团集体演出。这个舞中有一群江南少女，载歌载舞，满台生辉。中国历史上素有"越女天下

136

白"之说,认为江南少女是最美的。最美的少女和最香的茶在一起,真正应了那首茶联:欲把西湖比西子,从来佳茗似佳人。

茶与文艺的结合中,还有一项最重要的内容,就是茶与评弹曲艺的结合。可以说,中国的曲艺的发展,是少不了茶在其中的重要作用的。一市秋茶说岳王,并不是说秋天的茶能够诉说岳王,而是南宋时期在杭州发展起来的瓦肆艺术,说书人在里面说着岳飞的故事,而听众们则捧着盛着秋天的茶水的杯壶聚精会神地听。评弹艺术是以苏州评弹为代表的,这苏州评弹就少不了茶馆的参与。可以说当初的评弹舞台,就是茶馆。评弹艺人们所谓的跑码头,就是跑河湖港汊间的小茶馆,因为它们同时也是小舞台。听众们边喝茶边听书,真是"生后是非谁管得,满城争说蔡中郎"。那种如痴如醉的情景,真是令人神往。所以,如果说,评弹艺术是被茶水孕育开来的,想来也不过分。

只是现在的茶艺馆里,曲艺表演是少了,像杭州,目前也就是湖畔居和大华书场这两家还在说书听茶,其余的茶艺馆,大多是架着一架古筝,也有的时尚一些,放一架电子琴,甚至有时还请摇滚乐手来,那是向酒吧学的。古筝弹起来时,听的人可听可不听,就权当了背景音乐。有的茶艺馆把这道工序也省了,就出现录音机里放的音乐。因为茶馆音乐的特殊性吧,在坊间 CD 片中,就出现了一种茶道音乐,那是专门在茶馆里放的,一听那曲子中就有茶的袅袅青烟,是非常得茶之神韵的。有的时候,茶艺馆也放西洋乐,我就听到过克莱德曼的《水边的阿狄丽娜》等曲子。各种各样的趣味在茶艺馆里流行,倒也算是百花齐放、相得益彰的了。

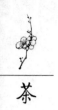

茶

佳茗似佳人

◎袁鹰

人生的妙诗，人类的至情，文化的精华，艺术的真善美，往往孕育于日常生活的起居、行止、交往、饮食之中。"此中有真意，欲辨已忘言"，那自然是臻于化境。但多数时候，还是可以辨可以言的，也可以写一篇篇一首首脍炙人口的佳作。

据说，以饮茶闻名世界的英国人，其饮茶史已逾三百多年，是从中国西去的舶来品，英文的 cha 和 tea，都源自汉语（后者是福建音）。在我们自己，饮茶则至少亦在千年以上了。《诗经》里《大雅·緜》有"周原膴膴，堇荼如饴"句，可做明证。千百年来，茶成为开门七件事之一，虽是叨陪末座，却不可或缺。上自帝王贵族、文人学士，下至市井庶民、贩夫走卒，日常起居，可以无酒，不可无茶。十三亿人口，饮茶人肯定比酒徒、酒鬼多出不知多少倍，尽管酒的名声大得多。

饮茶，真个是老少咸宜，雅俗共赏，无论是喝大海碗的大碗茶，或是小酒盅似的工夫茶，无论是喝"大红袍"一类的贡茶，或是四级五级花茶末，甚至未经焙制的山茶，其消乏解渴、称心惬意，大致都是相同的。何况春朝独坐、寒夜客来之际，身心困顿、亲朋欢聚之时，一盏在手，更能引起许多绵思遐想、哀乐悲欢、文情诗韵、娓娓情怀、款款心曲……以至历史、地理、哲学、宗教、科学、技艺民俗等方面思维情愫的流动和见闻知识的涉猎，都能给纷扰或恬静的生活平添几缕情趣。酒使人沉醉，茶使人清醒。几杯茶罢，凉生两腋，那真是"乘此清风欲归去"了。几年前访日本京都，听里千家主人千宗室先生介绍日本茶道的"和敬清寂"四个字，虽然还不甚了解，但恍惚间似乎感到有心意相通之处。

"何以解忧？唯有杜康。"这千古名句，也许只是曹孟德当年兴到落笔，后人不断重复这两句诗，却又不断以自己的体会否定了它。茫茫人世，忧思、忧虑、忧愁、忧患千桩万种，区区杜康何能消解那许多？若是二三知己，品茗倾谈，围炉夜话，如潺潺春水，汩汩清溪，倒可以于相互慰藉中真的分忧解愁。我自己有切身感受。多年前，林林同志七十华诞，我曾作俚句一律相贺，中有一联："小院灯黄情思远，西楼茶酽笑谈浓。"诗意平平，写的却是实事。"文革"中，我们在京华北城净土胡同比邻而居，时相过从，常在他家楼上一边喝工夫茶，一边无所顾忌地纵谈时事。窗外寒风凛冽，室内炉火熊熊，喝了几道乌龙茶，将一切愁思郁闷都抛诸脑后，于是踏月回到我独自索居的小院。此情此景，已恍如隔世，而他家乌龙茶微带苦涩的滋味，至今还留在齿颊间。

范仲淹《斗茶歌》中有句云："吁嗟天产石上英（指茶叶），论功不愧阶前冥（指传说中的瑞草）。众人之浊我可清，千日之醉我可醒。"又写到若遇到好茶出世："长安酒价减百万，成都药市无光辉。不如仙山一啜好，泠然便欲乘风飞。"把盏一啜，便欲乘风飞去，不免有点夸张，却也见希文先生对饮茶确是一往情深。为茶评功摆好、尽力渲染的远不止范希文一人。于冠西同志曾惠赠一册《中国古代茶诗选》，钱时霖先生选注，展读之际，不禁大喜。过去虽曾读过些茶诗，实未料到竟有如

佳茗似佳人

此之多，真是孤陋寡闻。据钱时霖先生说，他于从事茶叶研究之余，陆续收集到的古代茶诗已有一千余首，编入此书的，亦有自唐至清二百余首。此书印了一万册，但是无缘读到的肯定还有成千上万。我愿推荐给嗜茶又爱诗的读者，这些诗将茶和诗融为一体，其中不少又将留连山水和品茗畅叙相连，更觉清风习习，韵味无穷。

钱时霖先生在那本茶诗选前言中，提到有人将苏东坡两首诗中的名句集成一副对联，天下饮茶同好不妨将它悬在壁间，茶烟浮绕之时，或许能助你进入悠然神往、心灵纯净的境界：

欲把西湖比西子
从来佳茗似佳人

说喝茶

◎张长

中国人居家没有不备茶、不喝茶的。

关于茶的研究、典籍、诗文,传说故事之丰富,之浩繁,迄今尚未见有人能把它全部整理出来。中国人喝茶据说始于神农时代,有史可考的是成书于公元前350年的辞书《尔雅》,已记述了茶的栽培。日本人则说,达摩祖师面壁修行九年,有一次竟然睡着了,达摩一气割下自己的眼睑扔到地上,当即长出一株树,其叶冲饮后可消除睡意,即茶。茶的中国品种由一个来华的荷兰人雅科布松于1827年带回荷属东印度群岛,茶从此才逐渐进入欧洲。当时的东印度公司是世界上最大的茶叶垄断公司,对在欧美普及饮茶起到重要作用,英国人饮用下午茶的习惯就是从那个时候开始的。

茶和文化的关系就更密切了。来自中国的茶,带着中国的文化和禅宗的教义,在日本形成了独特的"茶道",使普通的日饮,附丽于浓郁的文化背景之上。从茶室、茶具乃至饮茶时的礼仪都极有讲究。日本茶道开始只是僧众为纪念达摩大师的一种仪式,后来逐渐发展成宾朋相聚,在一种恬静闲适的气氛中品茗谈诗论画赏花的高雅活动了。茶道的提倡者,十六世纪的日本艺术鉴赏大师千利休主张茶道的宗旨是培养和陶冶人的"和、敬、清、寂"之情。这的确不失为一种高尚情操。

其实中国也有自己的茶道。比如福建"工夫茶"。据《潮嘉风月记》载,工夫茶要"细炭新沸连壶带碗泼浇,斟而细呷之"。其茶具小巧精致,侍候喝茶的亦是丫环书童,甚至还规定火与茶具相距七步为度,这样沸水从火上拎下至沏茶时的温度才合标准。喝"工夫茶"你得有工夫,有那份闲情逸致才行。

少数民族喝茶方式也颇多,白族"三道茶"尤有特点。一道烤茶,二道核桃乳扇甜茶,三道花椒蜂蜜茶。三道茶均很特殊,特别是第三道,居然以花椒为茶,取其"一苦二甜三回味"之意,相信喝过的人是永远不会忘记的。

大体说来,不管日本茶道、中国茶道,从工夫茶到三道茶,都是要在一定场合才喝得上的,那叫"品"茶。多数人在多数场合恐怕还是作牛饮。北京大碗茶就是一种最大众化的喝茶方式。听着戏曲,大口喝茶,无拘无束,很受欢迎。

喝茶很讲究水,故有"虎跑泉泡龙井茶"之说。再好的茶,若水质恶劣也会变得色味如中药汤。泡茶以山泉水为佳,碱化或含矿物质太多的水最次。水质是否好,一泡就知道,如新鲜茶叶(只限绿茶)在冲泡之后,汤色很长时间都能保持浅绿色,则水质好;如很快由绿色变成浅棕色、咖啡色,就说明是含杂质太多的硬水,要不得。

水温也确有讲究。很多人都以为冲茶水越滚越好,不然。一百度的滚水很容易把茶叶烫烂,烂则易变质。适宜的水当是开后稍凉,七八十度为佳。有的人喜欢第一次冲三分之一杯,待泡开后再加水,这可以品出浓郁的茶味。

我判断茶的优劣只凭多年经验。就绿茶言,叶条暗绿,汤色清碧,入口微苦微涩之后回香回甜,齿颊留芳,经久不散,甚

至似略有薄荷的清凉,即是上品。这种口感,滇西一带有人叫
"杀口"。有"杀口"感的茶实在不多,能品出"杀口"的只有老
茶客,老茶客视小叶种的茶叶为"女士茶"。它香而淡,缺的正
是苦涩,更无"杀口"感,老茶客们是不屑于喝的。他们要喝云
南大叶茶才过瘾。

　　云南大叶茶中最有名的当然是普洱茶,其名气之大,甚至
曹雪芹的《红楼梦》、托尔斯泰的《战争与和平》都曾提到。俄
国贵族何时喝上普洱茶尚无考证。国内东汉时期,普洱茶作
为商品行销内地则有史可查。所谓"普洱茶"是以历史上的集
散中心和原产地之一的普洱命名的。旧时盛产茶叶的南糯、
易武等六大茶山均属当时的普洱府治,故名。过去单一品种
的普洱茶如今适应不同消费者的需求,已发展到六大类五十
多个品种。但老茶客仍要喝浓酽"杀口"的传统普洱茶才
过瘾。

平民的茶道

◎肖克凡

　　民国年间，天津最为出名的茶楼是玉壶春。它坐落在南市的荣吉大街与大兴街的交口，为二层建筑并有临街长廊。前几年我跟一个电视剧导演去选景，走进这座年久失修住着二三十户人家的楼房，看到昔日奉系军阀大人物喝茶的地方，已然变成拥挤不堪的百姓家居，心中很是感慨。走出玉壶春茶楼，前面不远的建物大街上有华楼旧址，建物大街两侧的楼房当年均由日本建物株式会社开发，因此取名建物大街。当然我这里说的不是日本茶道。

　　说起华楼乃是逊帝溥仪的舅父良揆投资兴建的娱乐场所，人称茶楼，其实还有台球房和西餐厅，内容多多，并非单纯意义上的茶楼。

　　天津不比四川有着众多的市民茶馆，天津平民饮茶，一般与茶楼无涉。天津的家庭饮茶之风很盛，因此天津人饮茶的家常色彩也是很浓的。只要是真正的天津卫家庭，接待客人必然奉以热茶。若以清汤白水待客，那在天津人眼里便是慢怠。天津人热情好客的习性，我以为源于船来车往的码头文化。

　　我是二十世纪五十年代生人，住的地方是旧时天津日租界。大约九岁光景家庭变故，我只能去跟祖母一起生活，她老人家住在南市,就是当年人称"华界"的地方。我从"租界"迁入"华界",首先接触的新鲜事物就是"水铺"。水铺是什么?水铺是专门出售开水的店铺。水铺出售的开水,我以为主要用于家庭沏茶。天津人无论春夏秋冬,清早起床头一件事儿就是喝茶,我祖母也是这样,因此我要说的是天津平民的"茶道"。

喝茶的事情往往是这样开始的:每天清早儿祖母便将那只白瓷茶壶刷洗干净,打开茶叶盒,将一撮花茶倒在盒盖儿上,然后投入茶壶里。天津人沏茶绝不许用手抓茶叶,以示清洁,于是茶叶盒的盖儿便成了容器。天津人喝茶,基本是喝花茶,也称香片。祖母将一撮子花茶投入茶壶,然后递给我二分钱硬币,说沏茶去吧,我拎着茶壶就奔水铺去了。

一般来说,一个街区便有一个水铺。水铺的主要设备是一口大灶,大灶上安装着一口烧水的大锅。水铺的主要燃料是木屑和锯末。天津有俗话:水铺的锅盖——两拿着。一大早儿,大锅里的水还没烧开,你必须将茶壶摆在锅台上,等候着。据说有个别不守本分的水铺掌柜,为了节约燃料故意在锅里扣一只大碗,这样锅里泛起的气泡咕嘟咕嘟就显得很大,冒充开水。

我沏了茶,将二分硬币放在锅台上,拎起茶壶转身快步回家。走进家门,祖母已经拉开了准备喝茶的架势,一张小桌上摆着两只茶碗(绝对不是茶杯),表情严肃地等待着我和茶壶的归来。

我将沏满香片的茶壶摆在桌上,平民的茶道便开始了。祖母亲自动手,抓起茶壶提梁儿,斟满一碗热茶,然后掀起壶盖儿,原封不动地将这碗热茶倒回壶内,谓之"砸茶"。这种

"砸一砸"的做法究竟道理何在,我至今不得而知,我想可能是为了使茶叶沏得更充分吧。多年之后我在一本梨园史料里读到回忆花脸演员侯喜瑞先生的文章,也提到"砸茶"之说,看来,京津两地饮茶共通。

砸茶之后,我跟祖母一对一碗,喝了起来。喝一碗热茶,开始吃早点,内容不外烧饼油条。早点之后,祖母就去捅炉子了。

那时候的花茶,货真价实,据说普通花茶也要窨上七道花儿,因此香味持久。我去茶庄买花茶,售货员往往给包上两朵鲜茉莉花儿,以示热情。而如今的奸商们,只窨两道花儿就敢号称高级花茶摆上柜台,有钱买不到真东西啦。祖母若是活着,肯定要骂的。看来人心不古,首先体现在清洁的茶叶上。

花茶沏二例的时候,味道最佳。只有第四五次续水时,才谓之"涮囪儿",这是平民茶道里的基本常识。涮囪儿意味着没滋没味,生活不能没滋没味。

早餐之后往茶壶里续水,我与祖母喝第二例,这时候使用的热水,已经是自家炉子烧开的。这第二例花茶,加之早餐之后的舒适感,一起随着茶香而洋溢于胸腹,令人气完神足。这是高潮,也是平民茶道的最佳享受,祖母这时候往往专心专意坐在桌前,静心品味着。花茶的香气,深深地浸透在生活深处,令人忘却油烟柴火的烦恼。

这几年我总在想,祖母她老人家为什么不等到自家炉火烧的开水沏茶呢?渐渐我想明白了,祖母她等不及。早起必须喝茶——这就是城市平民的日常生活,这就是城市平民的茶道。祖母的"茶道"无疑告诉我,世俗的生活具有多么巨大的魅力啊。

茶是高雅的,然而它丰富了我们的世俗生活。

忙中说茶

◎周同宾

仿佛我没资格说茶,却偏偏要说茶。

茶是文化。茶是需要品的;只有品,才能品出茶中的文化味。品茶得有条件:好茶,好水,好茶具,更重要的是,要有那份闲情逸致和充裕的时间。这些,我都欠缺。我于茶,是喝的,不是品的,就连做梦,也从未梦到过把杯品茗的雅事。

且细细说来。

每日上午,照例去领薪俸的机关应卯。和别的公职人员一样,办公桌前一坐,照例沏一杯茶。那茶,是卖旧报刊钱买的,十来元一斤,级别甚低。往往,茶未沾唇,便有业余作者登门,求我看稿谈稿,便有新朋旧友来访,找我海吹神侃;心不闲,嘴也不闲。往往,他们进屋,便也泡茶招待。来者并不真喝茶。不喝也得泡,泡茶是礼貌。一拨儿走罢,一拨儿又来;旧茶倒掉,再泡新茶。杯中就常是满的。人未走,茶已凉,放那儿当作摆设。客人意不在茶,主人亦意不在茶。就这样,紧紧张张,熙熙攘攘,不觉分针绕表盘转了三圈多。我只在说话的间歇,口干舌燥时,挤空儿端起杯子,润一下喉咙。这次第,怎管得茶的韵与味,苦与甘?

下午,照例独坐书房,真真做了"坐家"。当然,照例要冲上茶。茶叶是从大街旁茶贩子的地摊上买的,不论好赖,只要不霉就行。它的作用，只是表明杯中物并非白开水而已。杯子是个玻璃瓶，乃当年客居郑州，协助创办《散文选刊》时，捡别人的药瓶；它曾随我上北京，下四川，出关东，登泰山，寒暑十易，舟车颠簸，却未丢未破，到而今倒出脱得茶锈斑驳，古色古香了。冲茶的水，当然是铁管子里流出的自来水，常有漂白粉味儿。这一切，我都不计较，因为茶于我只是饮料而已。一如儿时在故乡，拾柴、牧牛归来，渴急了，喝半瓢凉水、吃一根菜瓜一样。冲上茶，便照例开始"爬格子"。这活儿可真苦。要么支颐苦思，眉头皱成疙瘩，要么奋笔疾书，手指手腕生疼。神不旁骛，心不二用，便把茶冷落了。待想起，茶已温吞吞的，正可口，便一鼓而牛饮之。喝罢，再冲上。再想起，再喝。喝时，还切切地想着文章，根本不会留意茶叶是"雀舌"还是"旗枪"，茶色是"祁红"还是"屯绿"，茶味是苦涩还是清香。就这样，一晌也要喝掉一暖壶开水。《红楼梦》中，槛外人妙玉曾有著名茶论："一杯为品，二杯即是解渴的蠢物，三杯便是饮牛饮骡了。"一比照，我的喝茶规格，怕连饮牛也不如了。

忙中喝茶，茶与水无异。

只有一次，天赐良机，我品出了茶味。

乙丑四月，春意阑珊时节，撂下一切俗事，偷得几日清闲，只身前往桐柏山访僧。顺山谷走，看不尽山之青，水之碧，树之古，石之奇；听不尽鸟之歌，虫之曲，泉之响，风之韵。山中万类，都那么自然，自在，自由，都那么清新、清净、清幽，好似仍是黄帝时代的模样，好似从未沾染半点红尘。日头小晌午，到桃花洞。稍觉口渴，便向僧人乞茶。庙已不存，断砖片瓦犹在。和尚老而瘦，于草木间结庐而居；顽石为案，供一尊佛祖像。我凑一块青石坐定，老僧用牛眼大的盅，捧来一盏清茶。

双手接着,先看见茶烟氤氲不散,又看见茶叶翠青,茶汤淡绿。先呷一口,好苦;又呷一口,苦得清爽;再呷一口,苦中有香,苦后有甘。不能大口喝,也不忍大口喝。只慢慢啜,细细品,直啜得一心滋润,两腋生风,直品得思丝虑缕像都浸染上了哲学的意蕴。不禁忽有解悟:茶的青绿,不但是茶的本色,也是生命的本色;茶的苦涩,不但是茶的真味,也是人生的真味。再啜,再品,渐觉着我与山中万类是那么近,近得似乎我也是山石草木鸟儿虫儿中的一员,便依稀感到生命的永恒。这,便有点儿近于禅境了。遂想到,无怪乎赵州和尚三呼"吃茶去",便使投师者悟禅得道,无怪乎禅书上写着"茶味禅味,味味一味"……想问问这茶究竟为何种仙茗佳茗,扭头朝茅屋内瞅,见老僧正于佛前双手合十,跏趺打坐,似睡似醒,脸上凝固着宁静……

　　山中归来,一如既往,又是穷忙;做人作文,忙得够呛。没有从容时间,没有悠闲心境,便又无意于茶味了。日前翻书,不期翻出鲁迅先生一段话:"有好茶喝,会喝好茶,是一种'清福'。不过要享这'清福',首先就须有工夫……"(《准风月谈·喝茶》)大文豪鲁迅无此"清福",小作者我也无此"清福"。没工夫体验茶道,倒时时品咂着世道、人道、文道,也品出了清苦,品出了甘甜。

1994 年 4 月

茶

茶诗四题

◎林林

通仙灵

在日本访问时,知名的茶道杂志《淡交》主编臼井史朗先生,请著有《中国吃茶诗话》的竹内实先生和我们两人出席吃茶座谈会,竹内先生提出中国吃茶与神仙思想问题为座谈项目之一,竹内先生对中日的茶文化、茶文学是有研究的。日本汉诗集《经国集》题为《和出云巨太守茶歌》的一首诗,最后两句:"饮之无事卧白云,应知仙气日氛氲。"指出饮茶的功效乐趣,飘飘欲仙,可以卧白云了。日本这种带有仙气的茶歌,是中国茶诗随中国茶传过去而受了影响。

唐代卢仝(自号玉川子)的茶诗《客笔谢孟谏议寄新茶》是很有名的,历代相传,有人说"卢仝茶诗唱千年",诗稍长一些,只摘其有关的句子。他一连饮了七碗,前五碗各有功效,过后,说:"六碗通心灵,七碗吃不得,唯觉两腋习习清风生。蓬莱山在何处?玉川子乘此清风欲归去。"接着便表示对采制茶叶的劳动者和广大人民疾苦的关心,批评为皇帝效劳不管人民死活监督制茶的官吏。诗曰:"山中群仙(指修贡茶的官吏)司下土,地位清商隔风雨。安得百万亿苍生,命堕颠崖受苦辛。便从谏议问苍生,到头合得苏息否?"据云美国威廉·马克斯的《茶叶全书》,把"蓬莱山在何处"以下五十九字删去,这就看不到卢仝欲乘清风上蓬莱仙境,也看不到他盼望劳动人民能得到休养生息了。

受卢仝茶诗的影响,苏东坡写了咏茶词《水调歌头》,也有"两腋清风起,我欲上蓬莱",又在《行香子》写有"觉凉生两腋清风"。杨万里《澹庵坐上观显上人分茶》(分茶又称茶戏,使茶汁的纹脉,形成各种物象),写有"紫微仙人乌角巾,唤我起看清风生"。黄庭坚《满庭芳》有"饮罢风生两袖,醒魂到明月轮边",又用白云来表现仙境,他的诗句是"龙焙东风鱼眼汤,个中却是白云多"。清郑板桥寄弟家书,饮茶又听吹笛,飘然离开尘世,写着:"坐小阁上,烹龙凤茶,烧夹剪香,令友人吹笛,作《落梅花》一弄,真是人间仙境也。"从这些茶诗词看来,不但酒中有仙,茶中也有仙了。不过这是文人、士大夫的饮茶情趣。如果农民在田间辛苦劳作,擦了汗水休息时,喝着大碗茶,当然也有乐趣,但这与卢仝"四碗发轻汗,平生不平事尽向毛孔散",同样是汗,轻重不同,心态也不同。重庆茶座市民在那儿喝茶,摆龙门阵,当然也有乐趣,广东茶楼为市民饮茶吃点心,完成一顿愉快的早餐,当然也有乐趣,可是没有到上述文人那样的高,能够两腋起清风,要飞到蓬莱山、白云乡的仙境。

茶的比喻

最好的茶叶是茶的嫩芽,唐宋的爱茶文人把这尖细的茶芽形状,比做雀舌、鹰爪、凤爪、鹰嘴,从静的植物变成活的动

物,这不是文字游戏,是文学形象,引人入胜,这类的诗词真多,下面列举一些例句:

唐代刘禹锡诗句"添炉烹雀舌"之外,在《尝茶》有"生采芳丛鹰嘴芽"。《西山兰茗试茶歌》有"自傍花丛摘鹰嘴"。元稹有"山茗粉含鹰嘴嫩"。

宋代梅尧臣有"纤嫩如雀舌,煎烹此露芽"。

欧阳修称赞双井茶,有"西江水清江石老,石上生茶如凤爪"。双井在江西省修水县,黄庭坚的故乡,有人说双井茶因黄的宣传而出名。苏东坡《水调歌头》有"采取枝头雀舌",黄山谷有"更煎双井苍鹰爪",杨万里有"半瓯鹰爪中秋近"。清乾隆帝也爱饮茶,游江南时带玉泉山的泉水去烹茶。他有《观采茶作歌》,把雀鹰放在一起了:"倾筐雀舌还鹰爪。"其次,拣芽是一芽带一片嫩叶,把芽叫枪叫旗,东坡有"枪旗争战"的比喻句。

茶叶做成茶饼,宋徽宗的《大观茶论》称它作龙团凤饼,也有叫作凤团的,周邦彦《浣溪沙》有"闲碾凤团销短梦"。有人把茶饼比作璧,柳宗元有"园方奇丽色,圭璧无纤瑕"。杜牧奉诏修贡茶到茶山,看茶工制成贡茶,写有"芽香紫璧裁"。欧阳修诗句:"我有龙团古苍璧,九龙潭深一百尺。"卢仝把它比作月,宋人跟着比作月,王禹偁有"香于九畹芳兰气,园如三秋皓月轮"。苏东坡有"独携天上小团月,来试人间第二泉",又有"明月来投玉川子,清风吹破武陵春"(明月指茶)。元代耶律楚材诗:"红炉石鼎烹团月,一碗和羹吸碧霞。"

至于烹茶的水开沸时,形状的比喻也很生动。开始沸时称蟹眼,继之称鱼眼,后满沸时则称涌泉连珠。白居易诗句:"汤添勺水煎鱼眼"、"花浮鱼眼沸";苏东坡诗句:"蟹眼已过鱼眼生,嗖嗖欲作松风鸣",把烹茶沸水的声音比作松风鸣了。

雪水煎茶

古来有用雪水煎茶,认为是雅事,因此唐宋以来在一些诗词里面便出现这种雅事的句子。白居易《晚起》有"融雪煎茗茶,调酥煮乳糜";又在另一首诗有"冷咏霜毛句,闻尝雪水茶"。陆龟蒙和皮日休咏茶诗,有"闻来松间坐,看煎松上雪"。苏东坡《鲁直以诗馈双井茶次其韵为谢》有"磨成不敢付童仆,自有雪汤生珠玑"。陆游《雪后煎茶》有"雪液清甘涨井泉,自携茶灶就烹煎"。丁谓有"痛惜藏书箧(藏),坚留待雪天"。李虚已有"试将梁苑雪,煎动建溪春"。建溪春在茶诗里常出现,这里注明一下:建溪为闽江上游分支,流经崇安、建阳、建瓯等县至南平汇聚闽江入海。清郑板桥赠郭方议《满庭芳》有"寒窗里,烹茶扫雪,一碗读书灯"。明初高启(号青邱)的书斋叫作"煎雪斋",也许是以雪煮茶。他写作茶诗有"禁言茶",意思是写茶诗不要露出茶字。此公也写茶诗,后因文字狱被腰斩。

关于烹茶的用水,是要讲究的。陆羽的《茶经》以"山水上,江水中,井水下",这说明山泉多是地下潜流,经沙石过滤后轻缓涌出,水质清爽,最宜煮茶。欧阳修的《大明水记》,也议论水,写着这样的话:"羽之论水,恶渟浸而喜泉流,故井取多汲者。江虽云流,然众水杂聚,故次于山水,唯此说近物理云。"他又引一位叫季卿的把水分二十种,雪水排在第二十种。关于雪水烹茶,按季卿的论点,就不能赞美《红楼梦》妙玉多年贮存的雪水了。即《红楼梦》第四十一回"贾宝玉品茶栊翠庵",写皈依佛门的妙玉,请黛玉、宝钗饮茶,宝玉也跟着去,烹茶用水是五年前收的梅花上的雪,贮在罐里埋在地下,夏天取用的。宝玉饮后,觉得清凉无比。这就使人产生疑窦:烹茶用水,如陆羽、欧阳修所说,水贵活贵清,那么多年贮存的雪水,从物理上看来,多年静水,难保清洁,饮茶雅事,也要卫生。又,第二十三回,贾宝玉的《冬夜即景》诗所说:"却喜侍儿知试茗,扫将新雪及时烹。"用新雪可能更适当些,不知我崇敬的曹雪芹大师以为然否?

兔毫盏

兔毫盏是宋代流行的美好茶具,斗茶时人们也喜欢用它。它的别名有兔毛斑、玉毫、异毫盏、兔毫霜、兔褐金丝等,在茶的诗词里常见得到。它是"宋代八大窑"之一建窑的产品。据说南宋曾传到东瀛,日本人视为宝物收藏。我曾从《淡交》杂志上看到它的彩色照片。

蔡襄(福建仙游人)的《茶录》称建窑所制的兔毫盏最合用。"兔毫紫瓯新,蟹眼煮清泉。"《大观茶论》也说"盏色贵青黑,玉毫达者为上"。苏东坡《水调歌头》赞句说:"兔毫盏里,霎时滋味香头回。"东坡在《送南屏谦师》里却写作"兔毛斑"。黄山谷《西江月》有"兔褐金丝宝碗"句。

兔毫盏失传七百多年了,现在听说福建建阳县池中瓷厂把这种仿古瓷品制作成功,放出光华。这种瓷杯有着乌金般的黑釉,釉面浮现着斑点和状如兔毫的花纹。又传闻四川省的广元窑也仿制兔毫盏,造型、瓷质、釉色与建窑的兔毫纹相同,很难区别。这真是值得高兴的事。

茶缘

◎陆文夫

　　开门七件事,柴米油盐酱醋茶。这是古老中国对生活必需品的概括,茶也是其中之一,虽然是放在最后的一位。

　　开门能办七件事,那是中等之家的生活水平。贫苦的人家只有三件事,柴米盐,那油也是时有时无的。小时候,我家的大灶上有许多坑洞,最上层的是灶老爷,要靠他"上天言好事,下界保平安"。下层的几个坑洞里分别放着油盐酱醋。中层有一个洞里是放茶叶罐头的。那是一种镔铁罐,上面有字"六安瓜片"。祖母告诉我,茶叶要放在坑洞里,那里干燥,可以防霉。

　　我的祖父原籍是武进人,苏南的农民都有喝茶的习惯,农村里的小镇上都有茶馆。到了苏北,农民相对比苏南要穷,茶馆很少,间或有一些茶棚,那是为路人解渴的,不像苏南的茶馆,天蒙蒙亮就有许多人坐在那里,有事没事地向肚皮里灌茶水。我的祖父在太平天国年间从苏南到了苏北,没法上茶馆了,自己独饮。他自制了一个小泥炉,劈了许多短柴火,用一把锡水壶烧水。有一次忘记了向壶中加水,干烧,竟然把水壶的底烧穿了,烟火从水壶的嘴子里蹿出来。我看了觉得很奇怪,他骂我为什么不早说。从此以后他就用马口铁的壶烧水了,不用陶壶,陶壶传热慢,费柴。

祖父早晚都喝茶，没事更要喝茶。他不用坑洞里的"六安瓜片"，那是待客的，平时喝的茶叶也在坑洞里，用纸包着，是从南货店里论斤称回来的，很便宜。他把茶叶放在白瓷茶壶里，用滚开的水冲下去，然后就着壶嘴呼哧呼哧地喝。他不用茶杯，觉得洗茶杯又是多出来的事。可是，他那茶壶的嘴却经常被锄头镰刀碰碎，没嘴的茶壶就被祖母用来放酱油和醋，那坑洞里都是些没嘴的壶。

　　我跟着祖父上街时，常常站在南货店的柜台外面，看着那货架上巨大的锡罐，茶叶都是装在大锡罐里，上面写着雨前、明前、毛尖、瓜片等等。所以说我从小就认识了茶，知道它是开门七件事之一。

　　可我一直不喝茶，直到开始写小说之后还是不喝茶。写作的时候案头都是放着一杯水，一天要喝两瓶水。为了节省倒水的时间，还特地去买了一个有盖的大茶斗，上面有十个字"幸福地生活，愉快地劳动"。倒也是当时心情的写照。

　　直到一九五六年，我到了南京，经常和叶至诚在一起。叶至诚是个茶客，我很少见过像他这样喝茶的，他用玻璃杯泡茶，泡出来的茶三分之二是茶叶。他见我喝白开水时简直有点不可思议，一天三次向我的杯子里放茶叶，大概放了不到一个星期，不行了，一喝白开水就好像少点什么东西，从此就不可一日无君了。

　　我不后悔染上了茶瘾，它伴着我度过了多少不眠之夜啊！我用不着向别人诉说心中的痛苦，用不着揩抹溢出的眼泪，我喝茶，用茶水和着泪水向肚里咽。有人说晚上喝茶睡不着觉，我却是睡不着觉时就喝茶。茶不像酒，它不作任何强烈的反应，不使你哭，不使你笑，不叫你仰天长啸；不让你突发豪情，胆大包天！与茶做伴，是君子之交，你似乎不感到它的存在，却又无往而不在。文界中人有所谓的"三一律"，即一杯茶、一支烟、一本书。烟，有害；书，有好有坏；唯有茶是有百利而无一害，还能同甘共苦。你有钱的时候可以喝好茶，喝名茶，钱少的时候可以喝炒青，再少时可以喝茶末。茶末还有高低之分，喝不起高末可以喝灰末，我喝过十多年的高末，没有喝过灰末，听说一斤灰末只相当于一碗阳春面钱。

粉碎"四人帮"后我不喝高末了，但也高攀不起，便定位于一级炒青。我在苏州生活了半个世纪，对苏州的名茶碧螺春当然是有所了解的。五十和六十年代，每逢碧螺春上市时，总要去买二两，那是一种享受，特别是在生病的时候，一杯好茶下肚，能减轻三分病情。当然，如果病得茶饭不思，那就是病入膏肓了。

我懂得碧螺春，也不止一次地喝过地道的碧螺春。近几年来，到处都在生产碧螺春，台湾也产碧螺春。前两年我到台湾访问时，到了高山区，在一家茶社里居然发现了台湾产的碧螺春。我想品尝一杯。可当老板知道我是来自苏州之后，连忙摇手，说你不必喝碧螺春了，还是品尝我们台湾的冻顶乌龙吧。茶叶和药材一样，要讲究地道，特定的土壤、气候、生长的环境，对茶叶的特色有决定性的意义。碧螺春是产在苏州的东、西山，以产在果园中、果树下、山坡上的为上品。苏州的东、西山是花果山，可以说是一年四季都有花开，春梅，桃李，还有那山坡上、沟渠边的野玫瑰，野玫瑰有一种特殊的香味，满山飘溢。茶叶是一种很敏感的植物，善于吸收各种气味，山花的清香自然而然地就进入了早春的茶叶里。这不是那种窨花茶的香味，其清淡无比，美妙异常，初饮似乎没有，细品确实存在。有此种香味的碧螺春，才是地道的碧螺春，是任何地方都不能仿造的。此种珍品如今不可多得了，能多得我也买不起。

我买茶都是在清明的后三五天，一级炒青开始采摘，赶快和茶场的朋友联系，要买那晴天采摘的茶，最好是制成后不出三天就到了我家的冰箱里。绿茶最怕的是含水量高，室温高。春天的温湿度很容易使茶叶发酵，绿茶一发酵就变成"红茶"了，再好也是白搭。

每年的清明节前后我都关注着天气，不希望有春旱，但是盼望着晴天，天晴茶叶的产量高、质量好，这一年的日子就会过得舒畅点。

1998 年 1 月 14 日

敬　启

　　因为某些技术上的原因,致使本书的个别作者尚未能联络上。敬请见书后,即与责任编辑联系,以便我们及时奉上样书与薄酬,并敬请见谅。